石見戦国史伝

田中

ハーベスト出版

はじめに —— 中世石見の領主たち

「出雲国の殿様は誰でしょうか？」

そう問われれば、多くの人は戦国時代に活躍した尼子氏、もしくは江戸時代に長く松江藩を治めた松平家を思い浮かべるのではないでしょうか。山口なら大内氏、もしくは長州藩の毛利氏、安芸なら毛利氏や広島藩の浅野家といったところを思い浮かべるでしょうか。

それでは、

「石見国の殿様は誰でしょうか？」

この問いで、貴方は誰を思い浮かべるでしょうか？

三隅、福屋などの石見各地を治めた益田一族の惣領である益田氏、津和野を治めた吉見氏でしょうか。ただ、どちらも治めた地域は石見の一部です。では、石見国を含む中国地方十箇国を治めた毛利元就でしょうか。毛利は安芸の領主、もしくは中国地方の雄というイメージが大きいと思います。それでは江戸時代に入り、浜田藩の吉田家、松平家、または津和野藩の亀井家でしょうか？

……どれもピンときませんね。

その理由として、そして中世石見を考える上で大きな二つの理由が考えられます。

一つ目の理由は石見国の地形、地勢によるものです。もともと石見の地形は山々が連なり、江の川や高津川の支流が深い谷を刻み、平地は少なく、幾つもの盆地、谷が点在しています。その条件下では、小さな地域ごとに小領主が乱立するという状態になり、小競り合いは絶えず、一つの勢力が大きくなり国全体を占領するという大勢力は登場しにくいのです。

そして二つ目の理由は外圧です。国内がバラバラで一つの大勢力が形成できなければ、国外の勢力との攻防が石見国内の情勢に大きな影響を及ぼしてきます。

その外圧、一度目は鎌倉時代に入る直前の源平の戦いです。

源平の戦いは、皆さん御存じのとおり源氏と平氏の覇権を賭けた戦いです。それと同時に、東日本の坂東武者と、西国領主たちとの戦いでもありました。

一の谷の合戦において、ほとんどの西国領主は平氏方に与し、その後の屋島の戦い、壇ノ浦の戦いでも、多くの西国領主が平氏に従いました。

争いの結果、平氏一門が滅亡に追いやられると同時に、西国領主の多くが土地を追われました。

それは石見国でも同様であり、この後、中世石見の領主は大きく三種類に分かれることになります。

一つは鎌倉時代前から石見に在住していた小領主たち。温泉氏や中村氏、三島氏、出羽氏などです。しかし彼らは中央政権との伝手がなく、大きな勢力を得ることはできませんでした。

一つは益田氏とこれに連なる氏族です。三隅、周布、福屋など益田氏より分家した領主たちは在地勢力と密接に結びつき、大きな勢力となりました。

最後の一つが吉見氏、小笠原氏といった元寇の後に鎌倉幕府の命令で日本海側の防衛強化のために石見に入った領主たちです。

こうして中世石見の主な領主たちが出揃い、長い間、彼らの治世が続きました。

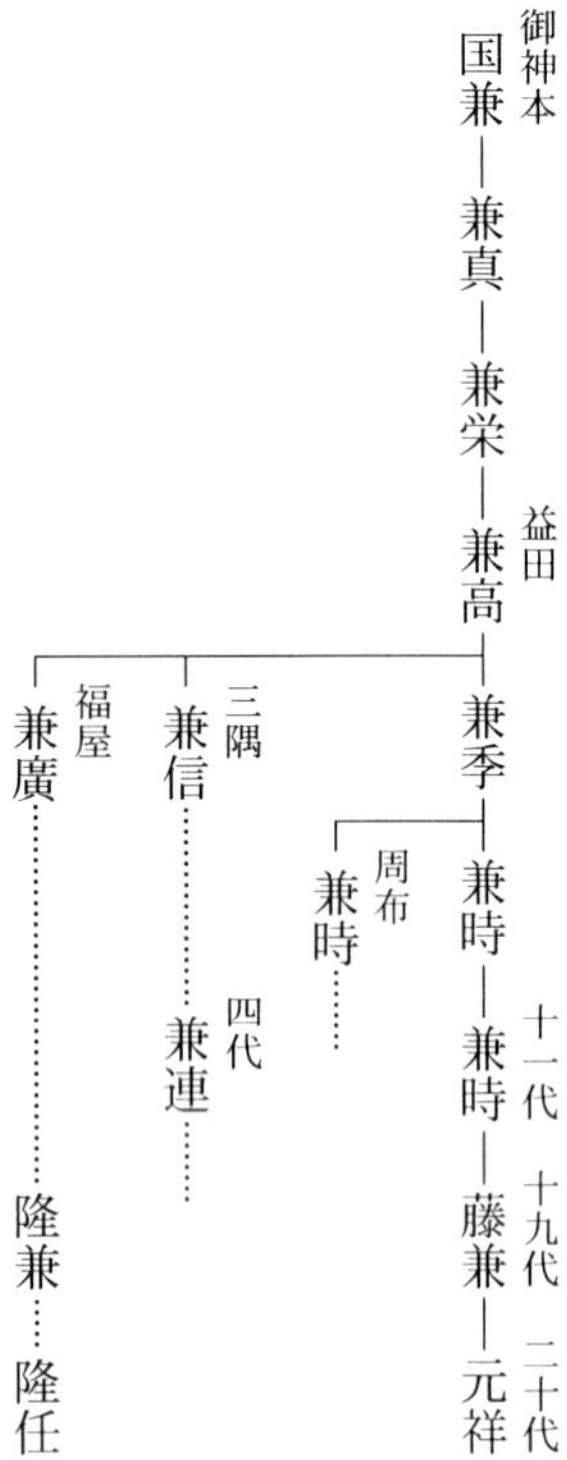

図１　益田氏家系図

そして新たな外圧が襲いかかります。毛利氏の進出です。大内氏を滅ぼした毛利氏は安芸、周防、長門の三国を支配し、大きな力を手にしました。その力を持って、石見に侵入してきたのです。

毛利は六年という月日を費やして、ついには石見国全域を領有しました。その際、毛利は石見の領主を敵と味方に分け、敵は滅ぼし、味方は家臣として組み込んでいきました。しかし、関ヶ原の合戦で西軍が敗れると、毛利は周防長門二箇国へ減封され、石見の領主たちも萩の地へと去ってしまいました。

続く江戸時代の石見国は、天領大森、浜田藩、津和野藩と三つに分割されてしまいました。殿様と呼べる人物がいないのも、仕方ないことかもしれません。

さて、本書はそんなピンとこない石見の歴史物語を紹介するものです。

空前の城ブーム、歴史ブーム、根強い人気の大河ドラマ。特に戦国時代を舞台にした歴史物は映画、小説、漫画を問わず高い人気を誇っています。

しかし、その中で石見が舞台として登場する物語があるでしょうか。戦国時代の三大英雄と言えば、織田信長、豊臣秀吉、徳川家康ですが、天下統一を成し遂げたにも関わらず、石見の地名はほとんど出てきません。他に人気の戦国武将を挙げれば、武田信玄、上杉謙信、伊達正宗、直江兼続、前田利益（慶次郎）、真田信繁（幸村）、長宗我部元親などでしょうが、やはり石見に関わりがありません。

しかし、だからといって、石見に歴史がない訳ではありません。様々な人々が日常を重ね、領主たちは土地を治め、武将たちは戦場を駆け回り、時には全国規模の大きな歴史のうねりに関わってきました。

そんな石見のことを多くの人に知ってもらおうと考えたのが本書となります。

取り上げた七つの物語は、源平合戦、南北朝の戦い、毛利家の盛衰、大森銀山、朝鮮出兵、関ヶ原の合戦といった有数の歴史に関わった石見の人物たちの物語です。

この本をきっかけに、地域の歴史、遺産にも興味を持っていただければと思います。

令和元年（二〇一九）九月

田中　博一

○…在地領主
●…益田氏に連なる領主
◎…元寇後入部した領主
尼子
○三島
大森銀山
○温泉
○中村
●福屋
◎小笠原
○多胡
○高橋
●周布
○出羽
●三隅
○佐波
○吉川
毛利
●益田
◎吉見
大内

図２　石見国の主な領主

石見戦国史伝　目次

光芒

不和

岐路

益田兼高　一の谷合戦

「お主には一つ頼みがある。近く平氏と源氏の大戦が京の近くで起こるだろう。その際、源氏方に加わってもらいたいのだ」

「源氏方に、ですか。では銀次殿はその大戦、源氏が勝利するとのお考えで？」

「実は、頼みというのは他でもない。お主には源氏に属するある武将について、その人となりを直接見聞きして判じてもらいたいのだ。その武将が私の知っているとおりの人物であれば、必ずや源氏は平氏に勝利するだろう」

「ほう、貴方がそれほど評する人物がいるのですか？　して、その武将の名は？」

「うむ、その人物の名は……」

源義仲に京を追われた平氏一門は勢力を盛り返し、寿永三年（一一八四）二月、福原に陣を張り、京の都の奪取を窺っていた。これに対し源義仲を京より追放した源頼朝軍は、福原に陣取る平氏軍を撃破するため、同年二月四日、兵を発した。源範頼を大手の大将に六万五千騎、源義経は搦め手の大将として一万騎を従え、福原の東西から同時に攻めかかる作戦である。

義経軍は山陽道沿いに位置する福原を西から攻めかかるため、山間を大きく迂回し丹波路を進軍する。その途上、三草山にて平資盛の陣に遭遇し、夜襲と火攻めにて平氏の陣を瞬く間に撃破した。

冷たい夜気に血と焼け焦げた匂いとが混じっている。短時間であっても、戦は常に生死のやり取りだ。興奮が身内《しんない》を満たし、神経が尖っている。指先が痺れるように痛く、五感が鋭敏になっている。

「伝令！　本日はこの場で野営とする。各々兵をまとめ休息せよ。また、これより軍議を開く。諸将方、本陣へ急ぎ集まれよ！」

義経の郎党が声を上げて駆けている。伝令を耳に、強張ったままの拳を、息を吐きながら意識してゆっくりと開いた。

「慌ただしいことだ、一息つく間もないか」

ぶつぶつと独りごちながら男は馬を降りる。随従に手綱を託して、ゆるりと歩を進める。

「では我らが御旗、その御尊顔を拝してみるかね」

本陣は平資盛が本陣を置いていた場所に敷かれていた。ここでも苛烈な戦があったはずだが、戦闘の余韻は跡形もなく、ただ、戦場独特の張りつめた空気が漂うのみである。

陣幕で囲われた一角、その最奥に大将である源義経が腰かけていた。第一印象は、小柄だが美丈夫だということだ。立ち上がったその姿は、鎧に身を包みながらも京役者のようにすらりと涼やかな出で立ちである。

「これより軍議を始める。まずは皆の者、ここ三草山での平氏との一戦、御苦労であった。これこそが坂東武者の頼もしさであろうよ」

声までもが一層涼やかである。義経の母は絶世の美女であったと思い出した。

「我が軍は予定どおり行軍を続けている。矢合わせの日時は二月七日早朝。平氏方の伏勢もこの程度であれば、問題ないだろう。そこで、ここより兵を分ける。土肥殿」

ざわ、と諸将が揺れた。脇に控えていた土肥実平が一歩踏み出る。土肥実平は軍監に任じられるほど源頼朝の信頼が厚い武将だ。

「土肥殿、お主は私の代わりに本軍を率い、予定どおり一の谷へ向かえ」

はっ、と野太い声が応える。

「して、殿はどうなさるおつもりで」

「我は七十騎を率いて、ここからさらに迂回攻撃を仕掛ける。今夜、陽が明けぬ内にここを立つ。よいな」

呆気に取られる諸将の前で、義経は近従に指示し、同行する将の名を読みあげさせた。

「ちょっ、お待ちくだされ、殿。我らは大殿の命を受け一丸となって平氏との戦に向かい、勝利せねばなりませぬ。お考え直しくだされ」

「これが戦に勝つための策なのだ。ここでの大将は我だ。我の決定に反論は許さぬ」

優しげな風貌に似合わぬ、他人の意思を断絶するかのような冷たい言い方だった。

諸将、誰も言葉もなく、沈黙が降りた。その中で意を決して立ち上がり、声を上げた。

「殿に一つ、お願いの儀がございます。私も殿の元でともに戦いとうございます。その七十騎に私めも加えて頂けないでしょうか」

「ふむ。お主、名は？」

「我は石見の国は上府より馳せ参じました御神本《みかもと》兼経と申します。義経殿の武名を聞きおよび今度の戦に参陣した故、是非とも御一緒つかまつりたいと存じます」

「ほう、お主が……。他に意見のあるものがいるか。ならば、軍議はこれまでとする」

義経は異論を挟む暇もなく、宣言する。

「皆、解散しゆるりと休み、次なる戦に備えよ。御神本殿、お主とは少し話がしたい。馬を用意してくれぬか」

「最初に結論を言っておく。御神本殿、お主には当初の予定どおり土肥実平に従い、一の谷へ向かってほしい」

源義経と御神本兼経。二騎は陣を離れ、馬足を並べている。篝火は遠く、細い月明かりを頼りに山道に歩を進める。

「それは何故でございましょうか」

兼経は片眉をひそませて問う。義経は当然のこと、と応える。

「次の戦に勝つためだ」

義経の断言するような口調に、意思の籠った視線に、言葉を返すのも忘れて見入った。

「今、源氏と平氏は国を二つに分けて戦を始めている。我ら源氏は坂東武者を中心とした東国武士の集まりだ。対して平氏は古来より影響力のある西国武士をまとめている。さて、御神本殿。お主の領国である石見国は西国に位置する。何故、お主は我らに味方する？」

「それは……」と兼経は言い淀む。

「いや、お主を疑っている訳ではない。むしろ、試されているのは我らであろう。この戦、源氏と平氏のどちらが勝利するか。源氏と平氏のどちらに味方することが、自分の得になるのか」

兼経はある人物からの依頼を思い出す。彼らの考えなど義経は承知の上、ということだ。

「源氏と平氏の戦いは、全国に散らばる在郷武士をどれだけ味方につけることができるか、それが肝だ。それ故、お主には我らがこの戦を勝利する姿を目に焼き付けていただきたい」

源氏を頼むに足る御旗であると西国で喧伝することが、次の戦で多くの味方を集め、最終的な勝利に繋がるという理屈だ。しかし、兼経にはそれ以前に気にかかることがある。

「義経殿。次の戦の算段以前に、殿はこの福原での戦、必ず勝てると仰るのですか」

兼経は、恥ずかしげに指先で頬を掻きながら言葉を続ける。

「私は京より遠く離れた田舎の一土豪に過ぎませぬ。それでも戦に勝つため、宋から手に入れた兵法書などを読み漁ったものです。兵法では勝利するために天の利、地の利、人の利が必要といいます。この度の戦い、平宗盛を総大将に、戦上手の平清盛が守り易い都として定めた福原に陣取り、我ら源氏軍を待ち受けております。また、平氏軍は我が軍よりも多く、十万ともいわれる兵を集めておりまする。地の利、人の利に劣る我が軍に勝機があるのでしょうか？」

義経は唇を僅かに引いて微笑《わら》う。

「当然の疑問だ。私も少しばかり宋の兵法を学んだことがある。その兵法に照らしても、この戦、我が策ならば源氏の勝利は疑いようがない」

「それほど断言できる、その理由を御教え願えますか？」

「うむ。お主の信頼を得るためなら、当然、話しておく必要があるだろう」

義経は笑う。自信に満ちて涼やかな、そして身の内から愉しんでいるような笑みだった。

「それは……」

寿永三年（一一八四）二月七日払暁、後に一の谷合戦とよばれる源平の大戦が始まった。福原は、北に急峻な山々が連なる六甲山地、南は瀬戸内海に挟まれた土地である。平氏軍は山陽道の東西の隘路《あいろ》に、東に生田の森、西に一の谷に堅固な砦を築き、源氏軍の来襲を待ち受けていた。船を持たない源氏軍は、その東西の砦に向け轡《くつわ》を並べ、一斉に襲いかかった。

騎馬を中心に襲いかかる源氏軍を前に、平氏軍は木柵、逆茂木を並べ、門扉を堅く閉ざして砦内より弓矢で応戦する。源氏軍は騎射で牽制しつつ徒歩兵を繰り出して障害物を取り除きにかかったが、砦から放たれる弓矢で阻まれ思うように前進できない。攻めあぐむ源氏軍は一騎二騎と撃ち落とされ、時間が経過するとともに進軍が停止していった。

源氏軍の士気が落ち、敗色濃厚となった時、両砦の背後、すなわち福原の中央より煙が昇った。源義経率いる七十騎が鵯越より急襲し、内裏に火を放ったのだ。背後から襲われ、退路を断たれることを恐れた平氏軍は恐慌をきたし大混乱に陥った。これにより形勢は一瞬で逆転、戦は源氏軍の勝利に終わった。

風が柔らかくなっていた。まだ何処かで燻っているらしい熾火の匂いが鼻に付く。御神本兼経は一人、山上を見上げていた。

「その崖を駆け降りたというのか」

話しかけながら近づく男の姿があった。兼経は覚えのある声を耳にし、振り返った。

「宗像銀次殿か。貴方も来ていたのか」

兼経の声には怨み節が混じっていた。その声音を察したのか、銀次は苦笑する。

「実際に源氏が勝利したのだから良いではないか。それに、お主がこの戦に参戦していたという事実が重要なのさ」

宗像銀次も御神本兼経の隣に並び、その山上を見上げた。二人が立っているのは福原の一角。目の前にはこの度の合戦で源義経が逆落としを敢行した鵯越の崖が迫っている。

「この崖を馬で駆け降りる、か……。俺には思いつかぬな」

兼経は頷きつつ同意を示す。

「かの人物、源義経。あの御方は恐ろしい人物です。この戦、全て義経殿の手の上で行われたようなものです。今後、どのような戦場であれ、あの方に勝てる者はいないでしょう」

兼経はそう断言しつつ、一の谷合戦の前夜、義経の語る策を思い出していた。

「お主の信頼を得るためなら、当然、話す必要があるだろう」

義経は笑う。自信に満ちて涼やかな、そして身の内から愉しんでいるような笑みだった。

「それは、お主の言う天の利、地の利、人の利、それは全て我らにある、ということだ。我はそれを知っていて、平氏諸将は気づいていない。それこそが決定的な勝機といえよう」

「天地人、全ての利が？　我らに？」

「そうだ。一つは天の利。平氏軍は福原に籠り、我ら源氏軍はこれを攻めたてる。戦の時、場所を自由に選ぶことができる。ここ数日、雨が少ないことも我らの利といえよう。これが即ち天の利だ」

義経は三草山の戦でも火攻めを用いていた。

「二つ目は人の利だ。確かに兵の数は我ら源氏よりも平氏の方が優れているやもしれぬ。しかし平氏の兵は敗北を知っている兵だ。負けることに慣れているともいえる。そのような兵は危地に追い込まれれば粘りがなく脆い」

これまでの源平の戦において平氏軍の敗北は数知れない。富士川の戦、倶利伽羅峠の戦、北陸道の戦、そして都落ち。確かに、敗北に慣れているともいえる。

「この度の戦も平氏方は船を多数用意し、海路逃げる算段を十分に取っている。そのような兵が背後を襲われ、退路を遮断されそうだと判断すれば、どうなるか」

統率も指揮も失い、我先にと戦場から逃げだし混乱するだろう、と義経は断言する。

「平氏諸将は、京を追われた後も鎮西で態勢を整え、今、福原まで勢力を盛り返している。彼らは敗北しても勢力を挽回できると知っている。ならば、この一戦のみの勝利になりふり構わず命を掛けはしないだろう」

義経の策に、状況の推察に、兼経は唸るしかない。しかし、一つ大きな問題がある。

「なるほど、天の利、そして人の利についても確かに理解いたしました。しかし大きな問題が一つ。どうやって平氏軍の背後を突くのです？」

「それは即ち福原の北側からだ。我が七十騎を率い鵯越と呼ばれる断崖から福原へと駆け降り、背後を突く」

「まさか」と思わず声を荒げて叫んだ。福原は平清盛が武士の都として建設した要害の都だ。そのような単純な抜け道があるはずがない。平氏軍もそれを知り、地の利は平氏軍にありと思っているからこそ、福原に籠っているのだ。それを指摘すると、義経は笑う。

「それでこそ、我らに勝機があるというのだ。福原の都は平清盛が建設した当時は、確かに完璧な防備であっただろう。だが北側の防備は自然のままの山塊だ。天然の山塊が防備として優れているのは何故か。一つは急峻な地形。だが騎兵を遮るには他にも有効なものがある」

義経はゆっくりと視線を左右に送る。

「すなわち、不規則に生える自然の木々だ」

二人が馬を並べて歩く山道も両脇の木々が深い。その木々が切り取られ、下草を刈ったところが道だ。道がなくば、騎馬を進ませる気にはならない。

「今、平氏は勢力を盛り返し、一度は焼き払った福原を、新たな都として再建しつつある。そして、我ら源氏の襲来に怯えて砦を築き、塀を高くしている。果たして、その材料はどこにある？」

それは北側の山地の木々に決まっていた。

「しかも平氏軍は福原の都の再建と砦の建設に、付近の大工のみでなく、樵、農夫、さらには漁民までも徴集し強制的に働かせている。そこに我が手の者を送り込み誘導し、有り得るはずのない『道』を作らせている。それを使えば我らは平氏諸将の思惑の、その裏を突くことができる」

「これを『道』と言ったのか……」

ほとんど崖ではないか、と銀次は見上げながら呟く。見上げる先には無骨な岩肌が不規則にのぞき、所々に切株や下草を刈った跡が見える。見通しは良いが、とてもその斜面は馬を奔らせることを想像させない。

「私は戦に勝つためとして、宋の兵法を学んできたつもりです。しかし、大陸との伝手で兵法書を手に入れてくださった銀次殿には申し訳ありませんが、実際の戦場では兵法などものの役には立たないと考えていたのです。しかし、源義経殿は違います」

兼経が戦の前夜に聞いた義経の策を伝えると、銀次は驚愕しつつもゆるりと首を振った。

「いやはや、あの男は変わってないな。己の目的を果たすためならば手段を選ばない。ならばこの戦、やはり源氏の勝ちか。なれば我らの帰趨も……、どうした？　浮かない顔をしているようだが」

兼経は義経の話を進めるほどに、声色は弱く、顔色に冴えを失っていくようだった。

「兼経殿。何を悩んでおるのか。お主も源氏の勝利は疑いないと言っていたではないか。勝ちに乗ずるなら今のまま源氏の味方を続ければよい。何を迷うことがあるか」

銀次の問いかけに、御神本兼経は自らの考えを探るように、訥々と言葉を繋げる。

「戦場においては、勝つことが最上命題です。その意味において、あの方、源義経殿は徹底して勝つことにこだわる、武人として素晴らしい方でしょう。しかし……」

「しかし？」

「あの方は特別です。一人、鮮やかに先を奔り、我らのことをかえりみない」

兼経はもう一度、義経が逆落としに駆け降りた崖を見遣った。

「義経殿は七十騎を率いて、この崖を逆落としに駆け下り平氏軍の後背を突き勝利しました。しかしこの逆落としにおいて二十騎が中途で落馬し、命を落としています。我ら在郷武士は、己が開拓した田畑を中央の権力に認められることを目的に戦に臨んでいます。戦場で自らの勇を示し、手柄を上げて名声を成し、戦に勝利することで、我らが切り開いた土地を改めて自らの領土とすることができるのです。当然、戦場での勝ち敗けは時の運、力比べで負けてしまえば、己の領土どころか命をも失うこともあるでしょう。しかし、逆落としで命を落とした二十騎は、その機会さえ得ることなく、この地に散ったのです」

義経は御神本兼経に鵯越の奇襲部隊へ加わることを許さなかった。それは源氏軍の強さを西国に喧伝するために、石見国の御神本兼経が最適であったからだ。生命の危う鵯越の戦場ではなく、危険の少ない一の谷へ向かう部隊へ組み込み、この戦の見届け役を担った。しかし、次の戦では判らない。戦に勝利するため、気がつかぬ間に、次の戦ではその二十騎に加えられているかもしれない。

「義経殿は武人としては素晴らしい。しかし彼を大将として、その元で戦うとなると……、一抹の不安が付きまとうのです」

なるほど、と己の心内に納得したように銀次も頷く。

「なれば、お主の帰趨は明らかではないか。源氏は勝利する。源義経の下には参じられぬ。ならばもう一人の源氏に味方すればよい」

「もう一人の源氏？」

「一の谷の戦でも大手軍を率いて戦を勝利に導いたではないか。すなわち源範頼殿、さ」

「そう……、ですね」

源範頼もこの一の谷の戦ではその名をあげていた。派手な武功は聞かないが、安定感がある。確かに自らとその一族の将来を考えると、その選択肢しか残っていなかった。

「では、我らの海に帰るとするかね」

問答の終わりを告げるように、銀次が声をかけた。兼経は促されるように一歩を踏み出しかけた。が、ふと思い立ち、もう一度、義経が逆落としに駆け降りた崖を見上げた。陽射しに目が眩む。と、その時、崖上に人影が見えた気がした。

「あっ」

颯爽とした騎馬武者が立っていた。小さな驚きとともに凝視すると、さらにその後ろに軍勢が並んでいる。先頭に立つ騎馬武者は、朱の具足を身に纏った涼しげな若武者。それは明らかに幻だった。今、彼は軍勢を引き連れて京へと帰還しているはずだ。

その幻の若武者は一人、一歩、出で進むと、朗々と声を発した。

「我はかの清和源氏の嫡流、源義朝が一子、源義経なり。これより始まる大戦、この一戦こそは源平の趨勢を定める要の戦。我らはここ鵯越を駆け降り平氏軍への突撃を敢行する。我らの手にこの戦の勝敗が握られているのだ。皆の者、心してかかれ」

若武者は崖上から見下ろし、不敵に笑む。

「かかれ！」

鬨の声があがり、七十騎の騎馬武者が一斉に駆け下った。馬蹄の響きに大音声が重なり、一気に急坂を駆け降りる。その先頭に鮮やかな朱の鎧を身に纏った義経の姿が、そしてその後ろに見覚えのある騎馬武者の姿があった。

あっ、と声を発する間もなく、兼経の目前を騎馬隊が駆け抜けていく。義経の直後に続く騎馬武者は、確かに自分自身であった。

「どうした、兼経殿」

呼びかけられた声に、不意に現実に戻る。幻は白昼夢の如く消えていた。不審げに振り返る宗像銀次とは既に数十歩の距離があった。

「いや、何でもない」

幻の中、馬を駆る自分の姿は喜色に満ちていた。上気した顔に、要の大戦に立ち向かう興奮が溢れ、活き活きと手綱を繰っていた。兼経は一つ首を振って、その幻想を振り払った。

「そう、何でもない。これが己で決めた道なのだから」

元暦二年（一一八五）三月二十四日、壇ノ浦の戦いにおいて源義経率いる源氏軍は平氏軍を打ち破り、栄華を誇った平氏一門は滅亡した。この戦いに御神本兼経は源氏方として参陣し、兵船二五艘を捕獲、敵兵二八〇名を討ち取る戦果を上げた。その功績から源頼朝より石見押領使に補任され石見一円の領土を安堵された。

同年、源義経は兄、源頼朝への反旗を疑われ奥州へと落ちのびたが、文治五年（一一八九）、衣川館で自刃するに至った。

後に御神本兼経は益田荘を本拠として定め、益田兼高と名を改めた。益田兼高は領国を平穏に治めつつ、息子たちを、周布、三隅、福屋などの地に分家していった。鎌倉、室町時代を通じて長く石見国を治めることとなる益田氏族の、これが始まりである。

第十五回島根県民文化祭　文芸作品募集「散文」　金賞入賞作品（島根文芸　第五十号掲載）

益田兼高と改名

歴史物の物語、小説を読んでいると、当時の人々は頻繁に姓名を変えています。理由は様々ですが、成人した時に幼名から諱へ、戦などで優れた成果を挙げた時に天皇や将軍、大名より名字を与えられたり、一字を貰い受ける偏諱といった風習。また、僧籍に入るために法名を授かるといったこともあります。

正直、物語を読む際にはさらに官職名なども含まれてきますから、面倒なことこのうえありません。

ちなみに、本書では「読みやすさ」を優先するために、この辺りのことは省略しています。

さて、本題に戻って、『益田兼高と改名』です。

作中で『御神本兼経』が益田荘を治めることとなり、『益田兼高』と姓と名の両方を改めました。これは何故か考えてみます。

益田氏のルーツは、藤原忠平の九世の子孫、石見守藤原国兼といわれており、土着豪族化する際に、石見上府（浜田御神本）に拠点を構えたため、御神本氏を称しました。当時（平安時代以前）、中央の有力者が地方に降り、その土地を治めることが多くありました。その際、元々ある地元勢力と婚姻関係を結ぶなどして関係を深め、さらに姓を地域名に改めることで、統治を深めるという手法を取りました。いわゆる一所懸命です。

したがって、浜田御神本の地を去り、益田の地に移転した御神本氏が、姓を『益田』に変えるのは直ぐに理解できます。

それでは名を『兼経』から『兼高』に改めたのは何故でしょう。『兼』の一字は益田氏族の通字であり、一族が代々受け継ぐものとされています。したがってここで問題になるのは、『経』を『高』に改めたのは何故かとなります。

一番に思いつくのは『高』の字が偏諱として、恩賞として与えられたという可能性です。しかし、当時の上役としては源頼朝を初めとする鎌倉武士が考えられますが、ざっと調べたところ『高』の字を持つ人物が見あたりません。

では、偏諱ではないとすると、何が理由でしょうか。

そこで別の可能性を考えてみます。すなわち『高』を貰ったのではなく、『経』を棄てたのではないか？　と。

『経』の字には見覚えがあります。源頼朝の弟、源平合戦の英雄、源義経です。義経は壇ノ浦の合戦の後、頼朝に疎まれ、最終的に自刃してしまいます。

この時、御神本兼経が義経との関係を持っていたとしたらどうでしょうか。

以後の鎌倉、源頼朝政権の下で平穏無事に領土を治めるには、「義経との関わり合いは今後一切ありません」と表明することは重要で、義経との絶縁を内外に示すことが必要だった。そのために名を変え、『経』の字を棄てたのではないでしょうか。

御神本兼経と源義経との関係は、歴史書には全く記録がありませんが、皆さんの物語の中に留めておいていただきたいと思います。

遠雷

福屋隆任　河上松山城の合戦

吐く息は白く、空気が凍ったかと思うほど。父の傍らで見上げた空には結晶のような星々の輝き。届きそうな、その瞬きに手を伸ばす。

刹那、遠く、地に響くような音が耳に届き、思わず手を縮めた。

「遠雷、か」

父の言葉は簡潔だった。「えんらい？」と問うと、

「時季《とき》の移ろいを知らせる、その先駆けだ」

耳内に残る遠雷の轟き、父の言葉。それらが心の奥深くに刻まれていたことを、少年は後になって知ることとなる。

「なかなか見られない光景だな」

福屋隆任《たかとう》は苦笑しつつ、見世棚櫓から眼下の光景を眺めた。城の麓、僅かに平坦な河原を挟んで幅広に、緩やかに流れるのは江の川だ。対岸には一文字三星の毛利の旗が乱立している。その一角、小高い山上に見慣れた馬印があった。毛利元就本陣の馬印だ。

永禄五年（一五六二）二月、河上松山城《かわのぼりまつやまじょう》は毛利軍一万八千の大軍に包囲されていた。隣接する櫃《ひつ》城は既に陥落している。江の川に艀《はしけ》を浮かべ、毛利兵は続々と城下へと迫りつつある。

城内から破裂音が轟いた。城方の兵が寄せてくる毛利軍への恐怖から鉄砲を放ったのだ。

「もったいないことをするな。俺が指示するまで決して発砲しないよう、徹底させよ」

隆任は部下に指示を出しつつ、城内を睨みつけた。籠城を選択した以上、武具や食糧は限られている。目的を達するためには、一切の無駄は許されない。

城内に籠っているのは福屋の兵と民、六百人程。福屋隆任には彼らの生命と福屋の誇りとを守り貫く重い責任があった。

河上松山城は江の川の下流、その北岸、標高一四五メートルの山上に築かれた山城である。麓から見上げると草木を取り払った斜面は壁のように聳え立ち、その上に曲輪を囲む木柵や櫓が建ち並ぶ。麓から福屋兵が籠る曲輪までは短い場所でも二百メートルもある。弓矢を用いても互いに届かない距離である。また当時の鉄砲、すなわち火縄銃は施条されていない銃身で球状の鉛玉を発射する構造であり、空気抵抗等の影響を受け易く直進性が低いため、必中距離は百メートル程度である。そのため山上と麓とに位置する互いの陣から、鉄砲による狙撃は不可能である。攻略には相応の犠牲が予想される堅城であった。

同日正午過ぎ、渡河《とか》し山城の麓に集結した毛利軍は城攻めを開始した。城を囲むように配置した隊が一斉に登坂する。総攻めである。刀槍を手にした足軽が一団となって斜面を登る。山城の斜面には身を隠す場所も手懸りもなく、その身を敵に晒しながら必死に登坂する。身を守る物は簡素な胴丸と陣笠。地を這うように手をついて姿勢を低くし、顎を引き陣笠を前面に立てて城からの矢や投石などを防ぐのだ。

毛利軍は河上松山城の北西側、やや傾斜が緩やかな箇所を集中的に攻め上がっていく。そこには奇妙な形の構造物があった。曲輪から麓に向けて竪堀《たてぼり》が幾本も連続して掘られている。畝状空堀群《うねじょうからぼりぐん》と呼ばれるそれは、畑で作られているような畝を巨大にしたもののように見える。通常、敵の進攻を食い止める目的であれば進攻方向に対して直角に、すなわち横堀を掘るべきだろう。一見、防御上脆弱に見えるその箇所を毛利兵は一斉に登坂する。畝状空堀群は城下から見上げると波状となっている。斜面や山の部分は足場が悪く、必然的に毛利兵は空堀の谷の部分を縦列になって移動することになる。

「よし、予定どおりだ。改めて指示するまで計画どおり迎撃せよ」

福屋隆任は迫り来る毛利兵に対し攻撃を控えさせていた。城からの無反応を奇異に感じながらも、毛利兵は竪堀を登り切り曲輪へと迫った。刀槍を握り直し木柵に手を掛けようとしたところで、内側から槍を突きだされ行く手を阻まれた。ここで初めて激しい戦闘となった。木柵の内と外、互いに三メートル程の長い槍を握り、突き合いが開始された。地の利がある福屋兵の繰り出す槍に、毛利兵は突き刺され或は突き落とされる。対する毛利兵は数に物をいわせて押し切ろうとする。その鬩ぎ合いが拮抗した。

「今だ、鉄砲隊、放て！」

隆任の合図で十挺の鉄砲が同時に放たれた。轟音が響き渡る。槍兵の合間から放たれた弾丸は先頭の毛利兵に瞬く間に直撃した。銃弾を受けた兵は即死。その体は衝撃に吹き飛ばされ、後ろに続く斜面の兵を将棋倒しに押し潰した。

「第二射！　続けて放て！」

再びの轟音。最初の十挺と入れ替わりに、次の鉄砲十挺が火を噴いた。空堀の谷部分に密集していた毛利兵に、追い撃ちの銃弾を浴びせる。至近距離から放たれる轟音は毛利兵に衝撃と混乱を与え怯ませる。さらに銃弾による無残な死が目の前に晒されると、毛利兵に恐慌が襲った。戦線は一気に混乱する。

「追い撃ちだ！　弓矢、石礫、続けて放て！」

周章狼狽する毛利兵に、次々に矢と石礫が放たれる。登坂時には身を低くし陣笠で防ぐことができる矢や投石も混乱し進退に惑う兵には効果的に当たる。毛利軍は混乱したまま後退していった。

これが畝状空堀群を利用した防御方法であった。攻城側の進攻ルートを遮蔽物のない直線的な動線に限定し、数少ない鉄砲を効果的に活用する。種子島に火縄銃が伝わったとされる天文十二年（一五四三）から、既に二十年近くが経過している。西日本では早くから鉄砲が導入されており、福屋隆任は鉄砲を用いた戦術に精通していた。この籠城戦において、虎の子である二十挺の鉄砲を集中的に運用したのだ。

「よし、初戦の戦果は十分。皆の者、よくやった。福屋の底力、毛利に見せつけようぞ！」

隆任が叫ぶと歓声が上がり、城内の士気は一気に上がった。しかし一度は撤退した毛利軍も態勢を立て直し、さらに二度三度と攻撃を繰り返す。毛利軍は渡河すると河岸の広場で集結し、城攻めから退去した兵と合わせて隊列を編成し、再び攻めかかってくる。

「なれば俺も出ざるを得ないな」

続けての毛利軍の攻勢。最前と同様に鉄砲射撃により木柵に取り付いた毛利兵を一掃すると、隆任は続けて指示を出す。

「柵を開けよ！　騎馬隊、俺に続け！」

鬨の声が上がる。木柵の一部は内側から簡易に取り外しが可能となっており、その開口部から二十騎の騎馬隊が飛び出した。先頭には福屋隆任の姿がある。

「一気に駆け降り敵を粉砕するぞ！」

騎馬隊は竪堀の谷部分を逆落としに駆け降りる。目前の敵兵を勢いに任せて跳ね飛ばし、あるいは踏み付ける。一息に城下まで駆け降りると、槍を手に混乱した敵陣を疾風となって駆け抜ける。城攻めのために徒歩兵ばかり集めた毛利軍は隆任の騎馬隊に敵しえず狼狽し逃げ惑う。騎馬隊は思うがままに槍を払い、突き、叩き潰す。城下に集結していた毛利兵を江の川の冷たい河水へと追い落とすと、騎馬隊は直ぐさま山城を駆け登った。開口部を守備していた足軽の出迎えを受けて、曲輪内で兵をまとめた。出撃した騎兵に損害がないことを確認し、隆任は笑みを浮かべた。

これが畝状空堀群を利用した攻撃方法であった。横堀は敵の進攻を妨げると同時に、味方の動きも妨げられる。竪堀であるからこそ一気に騎馬隊を出撃させ一撃離脱で敵に出血を強いることができる。攻防自在こそが畝状空堀群の特性であり、福屋隆任の策でもある。

「皆の者、よくやった。良い働きだ。我らの力、毛利の心胆に刻み込んだことだろう」

この日の戦で十度に渡る毛利の猛攻を福屋隆任は防ぎきった。個々の毛利兵にとっては、これほど明白な勝ち戦で命を落とすことは馬鹿馬鹿しい限りである。しかし、城攻めの最前線に立つ兵は福屋兵の放つ銃撃によって必ず命を失うのだ。その死を強調することで、毛利軍の士気を落とすことが隆任の思惑である。

だが毛利は小城には過剰なほどの大軍を用意し、遠巻きに城を包囲し寄せてくる。今日一日の戦で、毛利の陣には変化は全く見られない。厚い包囲網を見遣り、隆任は表情を変えぬまま独りごちる。

「あとは毛利元就の動き方次第だな……」

かつては毛利氏に従属していた福屋氏が毛利の大軍に攻め囲まれる。その状況を招いたのは隆任の父、福屋隆兼の決断にあった。

十六世紀、石見国は多数の国人領主が乱立し、さらに大内、尼子、毛利といった勢力が石見銀山をめぐり大軍を発するなど混沌とした情勢が続いていた。その中で福屋隆兼は毛利に臣従し尼子に与する小笠原長雄との戦闘を繰り広げていた。

永禄二年（一五五九）、毛利元就は石見国攻略を目指し、小笠原長雄が籠る温湯《ぬくゆ》城を攻撃した。小笠原長雄は尼子からの援軍を待ちながら籠城を続けていた。しかし尼子の援軍は豪雨の影響を受け届かず、小笠原長雄は小早川隆景の仲立ちを介し毛利への降伏を受け入れた。問題はこの降伏の条件にあった。難攻不落の温湯城から小笠原が退去する、その代替地として福屋氏が領有していた井田、波積の地が小笠原氏へ与えられたのだ。

当然、福屋隆兼は不満を募らせた。井田、波積は父祖の代から福屋が治め一所懸命に守ってきた領地であった。隆兼の毛利元就への抗議は、しかし受け入れられず、溜まり溜まった鬱憤が爆発する。隆兼は密かに尼子に通じ、尼子の援軍五千を得て永禄四年（一五六一）十一月、毛利方の吉川経安の居城である福光城を攻撃したのだ。しかしこの攻城戦は失敗、しかも毛利は翌年一月には尼子と単独に交渉を重ね、いわゆる雲芸和議を結んだ。福屋氏は毛利と敵対したまま、孤立無援の窮地に陥ったのだった。

父、隆兼の気持ちを隆任は痛いほど理解できる。そして毛利元就からの一方的な命令に、ある種の不安が心の隅に燻っているのだった。

連日、毛利軍の猛攻が続き、その全てを河上松山城は撥ね返した。日の出から日没まで続く攻撃に、城内に籠る兵たちに不安と怯えの色は隠せない。援軍の当てのない籠城は、闇夜に船を漕ぎだすように手元は覚束なく行き先も見えない。城内の物資も徐々に、だが確実に減っていく。しかし福屋隆任の指揮は確実に敵を防ぎ、城内の士気は高かった。

河上松山城は江の川水運の要衝に造られており、見世棚櫓に登れば江の川はおろか、対岸に位置する毛利軍本陣を見渡すことができた。隆任は身体が空けば常に見世棚櫓に登り、敵陣を眺めていた。

「むむ、ようやく動いたか」

決断を胸中に秘め、隆任は櫓を降りた。待機していた部下に幾つかの指示を出す。

「待っておれよ元就公。我が福屋の意地と力の程、見せつけてくれようぞ」


その日は山陰の冬らしく、重く圧し掛かるような厚い雲が空を覆っていた。風が弱く、雨や雪がないのが幸いである。

連日同様、毛利軍の攻撃は日の出とともに始まり、木柵を挟んでの槍同士の鬩ぎ合い、続く鉄砲による二段射撃を三度ほど繰り返した。そして四度目の二段射撃。その直後に木柵が開かれた。開口部から飛び出したのは福屋隆任率いる四十二騎の騎馬隊。これが城内にある全ての騎馬である。

「かかれ！　これこそが最後の決戦と思い知れ！」

鬨の声を上げて隆任の騎馬隊が竪堀を駆け降る。騎馬の目前で傷つき怯える毛利兵を踏み倒す。しかし、この日の騎馬隊の動きはこれまでと異なった。逃げ惑う毛利兵を無視し、一団となって河中へと乗り入れたのだ。冷たい水の飛沫が風花のように舞った。

「このまま一息に敵本陣を目指せ！」

隆任が見世棚櫓で眺めていたのは毛利元就の本陣、その動きだった。それまで江の川の対岸の高地にあった本陣が、今朝、動きを見せ河岸へと移動しつつあった。城攻めを強化するためか、包囲網を狭めるためか、目的は不明だが、その動きは隆任にとって絶好の機会に思えた。福屋にとって唯一の勝利への道筋。すなわち、敵将の首を取ることだ。

「目指すは元就公の首一つ、それ以外の武功はなきものとせよ！」

江の川下流域の水深は深い。通常、騎馬での渡河は浅瀬を選ぶものだ。しかし鎧を纏った騎馬武者であっても、馬首を立て騎手も首まで水に浸かれば浮力が付く。訓練次第で泳ぐことが可能であり、隆任はこの時のために配下の騎馬隊を十分に鍛えてきた。

籠城戦における守城兵による敵前渡河、そして敵本陣への突撃。意表をついた攻撃に対岸の毛利兵も混乱しているように見え、河岸からの反撃も薄い。隆任の目前に一文字三星の毛利の旗が迫る。騎馬の前足が河床につき、行足が速まる。馬体の半ばが水上に上がり視界が拡がる。元就本陣の馬印が大きく見えた。逸る心を抑えつつ、手綱を繰る。手の届くところに元就の首がある。そう確信した。

刹那、遠く、雷のような音が耳に届いた。同時に、凄まじい衝撃が左半身を襲った。強制的に息が吐き出され、水音とともに喉に冷たい水が浸入する。

「がっ、はっ」

落馬した、と理解すると同時に脇腹と太股に灼熱の痛みを感じた。起き上がろうとしたが足に力が入らない。銃撃を受けたのだと判ったのは、河水に紅い流れと傷跡を認めたからだ。

まさか、と疑う。渡河中、敵陣の観察は欠かさなかった。近くに鉄砲隊は見当たらなかったはずだ。上半身だけでもと起き上がると、騎馬隊の半数近くが落馬し、残りも足を止めていた。ドォンと重く轟音が再び鳴り響いた。

「不味い」、と思わず声が漏れた。音の方向へと振り返ると一列に並んだ銃口が見えた。彼我の距離は二百メートル程。並んだ銃口の数は軽く百を超え二百にも届く。何が起こったか、その瞬間に理解した。そして既に遅かった。新たな衝撃が隆任を襲い、河水に頭から突っ伏し意識を失った。

目を覚ました時、自分が何処にいるか判らなかった。一切身体を動かすことが出来ない。見ると後ろ手に縛られ、地に打った杭に結び付けられている。脚の銃創には止血だけのおざなりな手当てがしてあった。

捕えられたのか……、そう理解すると同時に、眼前の光景が視界に入った。

「我が城が……」

目の前には、河水を隔てて河上松山城が聳えていた。しかし、山上の木柵はすでに朽ちたように荒れ、福屋の兵が怯えながら隠れるのが見てとれた。斜面には登坂する毛利兵が群がっている。

ドォン、という轟音が河面に響く。同時に曲輪の木柵が弾け、福屋兵の悲鳴がか細く寒風に掠れて消える。見ると城下に位置取るのは毛利の鉄砲隊。その規模は二百程。

その一斉射撃が、城を襲っているのだ。

火縄銃は飛距離百メートルを超えると命中精度は大きく劣る。しかし放たれた銃弾は二百メートル近く飛ぶのだ。狙撃はできなくとも、二百メートル先に銃弾を届かせることは可能だ。そして狙いは定まらずとも、二百もの銃弾を一斉に放てばその半数、百程度の鉛玉を目標周辺に降らせることができる。それが隆任の騎馬隊を襲った衝撃の正体であり、その一斉射撃が今、河上松山城を襲っている。

鉄砲を集団運用した合戦としては、織田信長が千挺の鉄砲隊を用いて武田勝頼の騎馬隊を破った長篠の戦いが有名である。長篠の戦いが行われたのは天正三年（一五七五）である。しかし、毛利軍は河上松山城の合戦の翌年、永禄六年（一五六三）の第二次月山富田城の合戦において、三百挺の鉄砲隊を城攻めに用いた記録がある。

「そのような手段が……」

想像外の戦術に臍を噛む。毛利と同様に鉄砲を用いながら、その用法に思い至らなかったことを悔やんだ。それは圧倒的な数の力。今も城内から鉄砲の反撃があるが散発的であり全く効果を成していない。毛利の鉄砲隊が二度三度と火を吹くと、続けて木柵が弾け飛びさらなる悲鳴が上がる。麻縄や蔓を使って木を縦横に組んだだけの柵では、鉛玉を防ぐことはできない。鉛玉を防ぐためには、土塁や石垣、漆喰で塗り固めた厚い壁が必要だろう。

竹束を盾に、斜面まで寄せていた毛利の足軽たちが一斉に曲輪内に押し寄せた。

「やめろ、やめろ、やめてくれ！」

隆任は叫んだ。肩を揺すり立ち上がろうと足掻《あが》く。激烈な痛みが手首に、両肩に走る。

「我らの負けだ。降参する。だから！　だから……お願いだ、許してくれ」

しかし喉は嗄れ、唇は罅割《ひびわ》れ、その声は喉元からも響いていなかった。包囲する毛利兵に対し、援軍の当てもなく騎馬隊を失った籠城兵には、鉄砲隊を崩す力も包囲網を切り開き退路を確保する力も失っていた。

今、気付いた。毛利軍が愚直に城攻めを繰り返しながら待っていたのは、隆任率いる騎馬隊を壊滅させることだったのだ。それを壊滅させた今だからこそ安心して、二百の鉄砲隊を城攻めの最前線に投入することができる。

ふと、隆任の視界に影が射した。見上げると、痩身ながら背筋の伸びた老武将の姿があった。老武将は目を細め傲然と見下ろす。見覚えがあった。毛利元就、本人だ。

「頼む。この戦、我らの負けだ。福屋は降伏する。俺はどうなってもいい。だから彼らの、皆の命だけは助けてくれ！」

その必死の懇願に、元就からは何ら応えはなかった。

――愚か者め。己が望んだもの、選んだもの。その行く末を己の目に焼き付けろ――

それは元就の言葉であったようにも、隆任の心の内から湧き上がった声にも思えた。己の、そして父の選択の、その結果。目の前で繰り広げられる惨状と、城内で抗戦を続けた福屋の民の、その末路。

己の求めたものは何だったのだろうか。

明らかなのは毛利元就が求めるもの。数こそが力であり、力を持つ者は力なき者を意のままに動かすことができる時代。父祖から伝わる代々の領地。その土地に住まう人々の顔を一つ一つ思い出すことができる。その絆を、ただ一つの命令で切り崩すことのできる弱肉強食の時代。では、己の求めたものとは、その時代に抗うことだったのだろう。そして伸ばした手は指先が届く寸前だったのか？　それとも遠く果てしない星の瞬きの如き幻だったのだろうか？

続けて放たれる鉄砲隊の轟音が、遠雷のように耳内に響く。

「時代《とき》の移ろいを知らせる、その先駆けだ」

不意に子供の頃に聞いた父の声を思い出した。冷たく、凍えた涙が頬を伝う。

鬨の声が湧き上がった。四面を埋めるほどの歓声に全てが終わったことを悟り、眼を閉じた。

永禄五年（一五六二）二月、毛利元就は福屋氏が籠る河上松山城を攻め落とした。元就は福屋の降伏を認めず、千七百の首級を挙げたという。河上松山城の籠城兵は六百余との記録もあり、毛利は隣接した櫃城の籠城兵、もしくは山間に逃れていた福屋氏に連なる一族を集め、首級としたのかもしれない。

福屋隆任の父、隆兼は河上松山城の陥落を知ると本拠としていた本明城を退去、逃亡した。始め尼子氏を頼るものの拒絶され、大和の松永久秀へ仕官した。その後、阿波国の蜂須賀家政に仕え、幕末まで福屋氏の系譜を保ったという。

河上松山城は現在の江津市松川町に位置し、江の川と国道二六一号を静かに見下ろしている。本丸には小さな石碑が残されている。その石碑は落城時の戦没者を供養するために、地元住民が建立したものと伝えられている。

第十六回島根県民文化祭　文芸作品募集「散文」銀賞入賞作品（島根文芸　第五十一号掲載）

中世山城の合戦の記憶――未整備山城探索のススメ――

歴史を想いながら地図を眺めていると、時々、不思議に思うことがあります。

「何でこんなところに山城が？　何で皆、必死に取り合っているの？」

暫く地図を眺めていて、ハッと気付きます。

「あっ、そうだ。現代の道路と昔の交通事情は違うんだっけ……」

現代の地図を見ると、国道や県道、農道などの大規模な道が真っ直ぐ引かれていますが、これは橋やトンネル、堤防道路を造って引いているのです。当然、そのような技術は中世にはないため、いわゆる昔の街道は低地、小規模河川沿い、なだらかな峠越え、そして水運が中心となります。したがって、現代とは全く違った交通事情となります。

さて、河上松山城は、十四世紀に中原氏が築城し、その後、佐々木氏が、そして福屋氏が奪い取ったとされる山城です。この城がそれほどまで各時代の領主たちに重要視されるのは、もちろん、その立地故です。河上松山城は山陰を東西に連なる街道と、江の川との合流点を見下ろす立地なのです。

現代の主要幹線、国道九号は海岸線沿いに伸びていますが、江の川を橋で渡り、浅利トンネルを潜っています。当然、中世にはありませんでした。そこから街道になりそうな地形を探して内陸に向けて順に視線を移していくと、江の川沿いの松川から都治、井田、そして大森銀山へと続く県道があります。これが中世の主要な街道でした。そして、松川は江の川右岸において最も川下にある湊でもあり、江戸時代には大森藩の口留番所が置かれていました。

そうなると、松川を眼下に望む河上松山城の戦略的価値はいやおうもなく高い、ということになります。


さて、そんな要衝にある河上松山城ですが、ご存じの方は少ないと思います。しかし、河上松山城は中世合戦の記憶を十分に残した山城跡なので、その見所を紹介してみたいと思います。

現在の河上松山城は、江津市から国道二六一号に入り、江の川と平行に走っていくと左手に聳えるように見えてきます。有名な城跡では誰でも手軽に登れるように公園整備されますが、河上松山城はほとんど手が加えられていないため、下から見上げてもただの山にしか見えません。しかし、公園整備されていないという点が、河上松山城の最大の魅力でもあります。

整備されていなければ山城に行けないではないかと思われるでしょうが、一般道から主郭までの登山道は整備されていますので、簡単に主郭まで辿り着くことができます。

草の生い茂った登山道を進んでいくと、少しばかり広く平らに整地された場所に出ます。ここには、『古井戸址』と『城山入口』の看板が。少し水が溜まったままの古井戸址を見ながらさらに上へと歩を進め、細く急な道を登ると、曲輪らしき平らな土地に辿り着きます。ここに、小さいながらも地元の方々が建立された石碑があります。河上松山城で戦った人々のことを想いながら手を合わせ、さらに先へ進むと城内で最も高い場所にある主郭に辿り着きます。

河上松山城の見所の一つは、主郭の先を降りたところにある見世棚です。ここが城の大手だったと思われ、谷間に建物が幾つも建てられるように小さな石垣で平坦な土地が連続してつくられています。物見櫓なども建てられて、眼下を見下ろすようになっていたでしょうか。歩きながら周囲を見渡すと竪堀が掘られ、至る所に石礫が小山になって置いてあります。石礫は竪堀を見下ろすような位置に固めてあります。籠城戦では登ってくる敵兵に向けて、この石を投げたのでしょう。戦の情景がありありと想い浮かびそうです。

そしてもう一つの見所はやはり、畝状空堀群でしょう。幅が一・五メートル以上もある大きな竪堀が幾つも連続して掘られているのです。これは写真では判りにくいので、ぜひ自分の眼で確かめてもらいたいものです。

さて、河上松山城探索をオススメする理由は、タイトルにあるとおり『中世山城の合戦の記憶』が色濃く残っているからです。

理由は二つ。

一つ目は「河上松山城が公園整備されていない」ということ。そしてもう一つは河上松山城が落城した時点で、城としての戦略的価値がなくなったということです。なぜ価値がなくなったかは別稿に譲りますが、その条件だったからこそ、中世の合戦の状況そのままに現代まで保存されてきたのです。

しかしオススメと言っても、河上松山城探索には大きな問題点があります。それは、公園整備されていないということです。山城最大の魅力は、頂上からの見晴らしが良いということです。山の上に城を築く利点は、その防御性の高さと、そして見晴らしの良さです。山城が公園整備されていれば、主郭の周囲の木は切り払われ、さらには展望台などが設置されて、絶好の展望を見渡すことができます。

しかし、公園整備されていない河上松山城では全く木が伐採されていないため、主郭から見える景色は全くありません。耳を澄ませば、江の川の水音と野鳥の声、そして国道を車が走る音が聞こえてくるだけです。

そして、公園化されていない山城で、それ以上に気を付けたいことは、無闇に道を外れて探索しないことです。登山道から主郭まで、そしてその周辺部は良いのですが、それ以外の場所、例えば桜丸と呼ばれている出丸までの道はなく、ほぼ手つかずの全く自然の山です。かくいう自分も、桜丸を目指して歩き、全く方向感覚を失って迷いました。

という訳で、河上松山城は戦国時代の山城合戦の様子を想像するには、非常に面白いところですので、興味のある方には是非一度訪れていただきたいと思っています。もちろん、その際には無理をせず、城を整備していただいている地域の方々にも敬意を持って、登っていただきたいと思います。

河上松山城　遠景

河上松山城
畝状空堀群

河上松山城
見世棚櫓跡

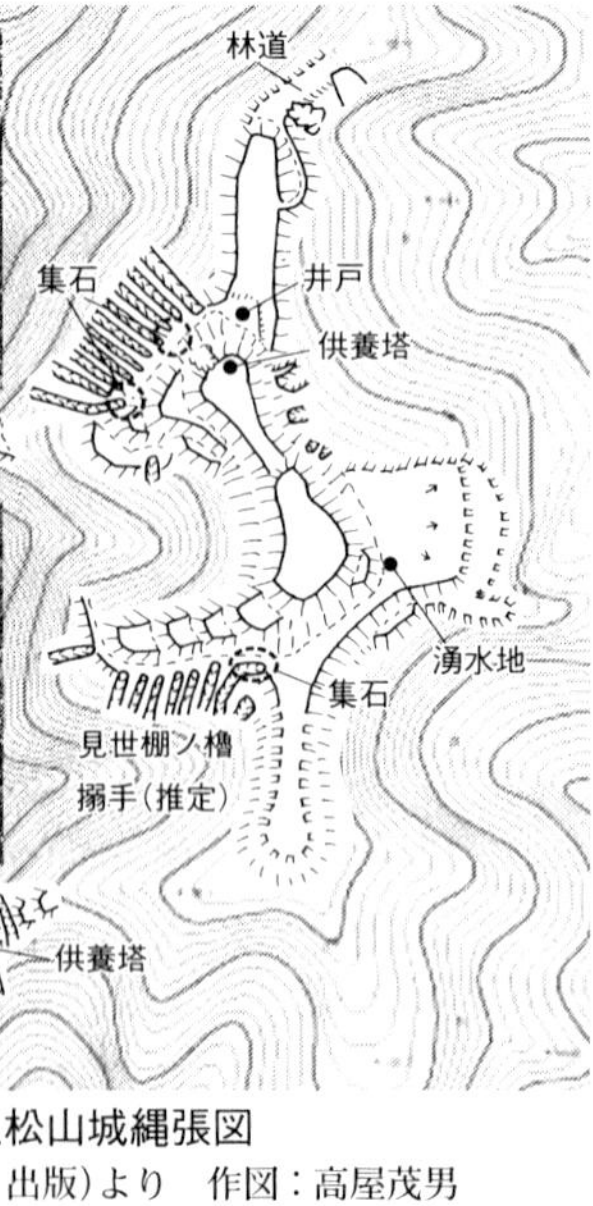

図３　河上松山城縄張図
「石見の山城」(ハーベスト出版)より　作図：高屋茂男

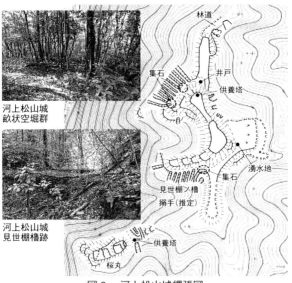

銀花

三隅兼連　南北朝の戦い

掌大の鉄槌が振り下ろされる。

キィィン、と甲高い音が響き渡り、岩塊が砕ける。白銀の輝きが飛び散り、宙に舞った。岩の割れ目からは湧きでる泉のように、銀色の輝きが零れる。

男たちは零れ落ちる輝きを目にして、おおっ、と歓声を上げた。一人、男たちの中央に立つ青年は口元を綻ばした。

「この輝きが粋銀《すいぎん》（自然銀）なのか？」

「いかにも。ここ仙ノ山の山頂は、このような粋銀に覆われておりまする」

青年が大きく、声を上げて軽やかに笑う。

「これは良い。これこそ我が求めていたもの」

引き締まった体に、鼻筋の通った才気溢れる顔つき。萌黄色の直垂に優美な長刀を佩く。

「この粋銀こそ我の力となろう。お主らの力添えもな。この力を集め、我が元に正統の府を築きあげようぞ」

兼連《かねつら》は、一人、颯爽と立つ若武者の姿を、眼を細めて眺めやった。足元に拡がるのは新雪の如き銀光の輝き。眩いばかりの光の中で、大将軍としてこの地に降り立ち国の隅々にまで号令を発する、幻のような光景を。

この方こそ次代を担う、我が生涯を賭して仕えるべき御方だと。そう確信した。

正慶二年（一三三三）、鎌倉幕府を滅亡させた後醍醐天皇により建武の新政が開始された。しかし、建武の新政は僅か二年で破綻。延元元年（一三三六）、後醍醐天皇は幽閉され、足利尊氏は室町幕府を開いた。しかし後醍醐天皇は京を脱出、南朝を打ち立てる。光明天皇を奉り上げた足利尊氏の北朝と南朝とが相争う、いわゆる南北朝時代の始まりである。

「芦谷へ向けた高津長幸殿の部隊、引き揚げて参りました。長幸殿は奮戦なされたもののの、北朝軍の動きを押し留めること叶いませんでした」

「うむ、損害はどうだ？」

「負傷者三十五、未帰還六名です」

「今城への攻撃部隊、退却して参りました。負傷六十二、未帰還十九です。こちらも敵軍を撃退することはできず、今城の普請はほぼ終わり、千近い兵が入った模様です」

「あい、分かった。報告御苦労。各隊には暫く休息を取るよう伝えておけ」

はっ、と伝令の男たちはさがり、陣幕の外へと消えた。陣幕の内には一つの大机を囲むように厳つい男たちが並んでいる。机上には付近の地形が描かれた絵図があった。軍議の場である。皆、渋い顔でその絵図を睨んでいる。軍議の場には重々しい空気が拡がっている。

「これで北朝方の向城《むかいじろ》は六つ。この城は完全に包囲されましたな」

「ですから、先の場で私が申し上げたとおりではありませぬか。一刻も早くここを引き払い、我が七尾城へと本陣を移しましょう」

叫ぶように発言したのは益田兼見である。西石見に強力な勢力を持つ益田氏の現当主。当主としてはまだ若いが、日焼けした肌に幾つもの戦傷が皺のように刻まれている。ここが戦場であるが如く鋭い眼光で睨みつける。その視線の先には一人の男、ここ三隅城の城主である三隅兼連が、兼見の威圧にも関わらず平然と坐っている。

「三隅殿の主張は楽観的に過ぎたのです。たしかにこの城は堅城。容易《たやす》くは落ちないでしょう。しかし北朝の高師泰は予想以上の大軍。こうも容易く向城を築き包囲網を形成するとは。我らは窮地に陥っておりまする。将軍殿、ここはどうか正しい決断をお願い申し上げます」

益田兼見は言葉の途中から視線を替え、上座へと頭を下げた。上座に座るのは、片田舎の戦場には似つかわしくない、京風のすらりとした若武者である。将軍、と呼ばれた若武者は足利直冬である。

足利直冬は足利尊氏の実子である。いわゆる南北朝の戦いの中、直冬は尊氏率いる北朝軍として紀伊で大きな戦功をあげ、次期将軍との呼び声も高かった。しかし、尊氏は妾の子であることを理由に直冬を厭っていた。正平四年(一三四九)、直冬は長門探題に任じられる。その実態は左遷であり京より西国へと遠ざけられた形だ。その後、尊氏の弟であり、直冬の義父でもある足利義直も幕政から遠ざけられ、直義、直冬、ともに南朝側に降っていた。

足利直冬は益田兼見の言葉を受け、眉を顰めた。ちらと視線を動かし、隣に座る三隅兼連の発言を求めた。

三隅兼連は長きに渡る南北朝の争いにおいて、幾つもの戦闘に参加したほどの古兵である。歴戦の武将らしい、威風堂々とした態度である。

んんんっ、とわざとらしい咳をつきつつ、三隅兼連は直冬の意を受けて立ち上がった。

「皆様方の御心配はもっとものことと思いまする。北朝方の高師泰は大軍を率いて石見諸将の城、三十二城を落とし、ここ三隅の城へと迫っておりまする」

　足利尊氏の命を受けた高師泰は、二万二千の大軍を率い石見国へ侵入した。進攻は留まることなく江の川を超え、三隅氏配下である佐波顕連の拠る鼓ケ崎城さえ、瞬く間に陥落している。

「しかしながら諸将は良く戦い、時を稼いで頂きました。そのおかげで我が軍の態勢も調ったところであります」

「態勢が調ったとは？」

「はい。私は十七年前の後醍醐天皇の船上山挙兵の折より馳せ参じ、その後も南朝側として戦い続けてまいりました。ここ三隅城は、今この時のために普請を続けておりますれば、この地に結集した諸将方の兵、合わせて二千を収容し、それに十倍する兵を相手に戦うことが可能と存じます」

「しかし、ここまで包囲されれば、その備えは無駄に終わるだろう。高師泰はその大軍を活かして、既に六つの向城を築き、包囲してしまった。これでは退却もできず、兵糧の搬入もままなりませぬ」

軍議の場、すなわち足利直冬を中心とする南朝側の諸将は三隅城の本丸に集まっていた。三隅城は中国山地の山々に囲まれた丘陵地帯にあるが、一際高い独立峰に造られており、周囲を一望できる。

陽は西海に傾き、山々に夜の帳が降り始めている。北朝方の軍陣には既に幾つもの松明が灯り、彼らの動きを照らしている。

東西南北、三隅城を取り囲むように六箇所の陣が赤く浮かび上がっている。水来、陣ノ尾、今城、胴明寺、河内、芦谷。それぞれに千から二千程度の兵が入っているのが見てとれる。

これら六つの向城により、外部へ繋がる街道、水路は全て塞がれており、三隅城は完全に封鎖されている。

「このままでは数日を待たずこの城は干上がりまする。将軍殿におかれましては早急にも、この城を退出し……」

「兼見殿。お主の意見は良く分かった」

足利直冬は苛立ったように益田兼見を睨みつけ、その言葉を遮った。北朝の包囲網は実際には完全でない。築陣に適する地のない南東部には、北朝方の兵も多くは配置されておらず、例えば五十騎程度の小勢であれば、包囲網を気付かれず脱することは可能である。益田兼見の提言は、足利直冬も気付いていた。知っていながら、別の期待を投げかけている。

「私は三隅兼連殿の意見を聞いてみたい。どうだ、続けてくれぬか」

はい、と、益田兼見の発言を、まるでなかったかのように、悠々と言葉を続けた。

「兵数だけを見れば、たとえここを退いたとしても北朝方の優位は変わりませぬ。しかし、ここで高師泰の攻勢を耐え抜けば、反撃の機会が得られます」

「確かに、長門からの援軍がこちらに向かってはいるが……」

足利直冬は長門探題に任じられ、九州、四国、周防長門、そして石見の勢力を味方に付けている。その長門より、ここ直冬が帯陣する石見へと援軍が向かっている。しかし、その援軍を加えても、高師泰軍の半数にも満たない。

「ここで十日そこら耐えたとして仕方あるまい。一体どのような機会を待つというのだ！」

息を巻くような兼見の反論に、兼連は平静に応える。

「ここ三隅城で百日は耐えてみせましょう。さすれば、近畿においても直冬殿の義父、直義殿の準備も調いましょう」

「百日……、となは」

兼連の断言に、軍議に同席した諸将、皆声を失っていた。

「そのために、直冬殿。以前に仙ノ山で得た粋銀、これを我に預けて頂けませぬか」

「粋銀を、とな。あれは確かに博多で精錬し、近くの港まで運んできているが……」

石見国の仙ノ山、後に大森銀山とも呼ばれる山に、銀が最初に見つかったのは延慶二年（一三〇九）という。これがいわゆる『石見銀山』の始まりと伝えられている。長門探題として西国入りした直後、直冬は出雲国から石見国へと入り、この地を訪れていたのだった。

ただ、開山当時の技術では山頂部を露天掘りで採掘するのみであった。そのため山頂部の銀は瞬く間に掘りつくされ、その後、石見銀山は一時的に衰退することとなる。

「騙されてはなりませぬぞ、直冬殿。あれほどの銀があれば大軍を集めることもできましょうが、それ程の時間はありませぬ。兼連めは将軍の銀を私し、横領するに相違ありませぬ」

「信頼のおけぬ兵を、ただ集めることは下策。兵はここに集まりし諸将の強兵のみで十分でございます。直冬殿の銀は別の事に用います」

「別の事、とは？　どのように用いると」

「私の考えた作戦はこうです。すなわち……」


高師泰は冷たい風が篝火を揺らすのを眺めていた。いや、実際に視界に捉えていたのは、篝火のその先、高く聳える三隅城の威容であろう。

師泰が二万を超える兵を率い、石見の地へと踏み入れたのは、足利尊氏の命令があったからだ。

正平五年（一三五〇）、南朝と北朝の戦い、いわゆる南北朝の戦いはやや北朝が優勢のまま均衡状態に陥っていた。北朝方の中心は室町幕府を立ち上げた足利尊氏。南朝を打ち立てた後醍醐天皇は既に亡く、後継の後村上天皇を、観応の擾乱と呼ばれる幕府内の内乱で北朝を追放された足利義直が支えるという状況である。

足利義直は足利尊氏の実弟。直冬は尊氏の実子でありながら尊氏からは疎まれており、直冬は義直の養子としてともに南朝方の中心となっている。彼ら肉親の骨肉の争いが、南北朝の争いに波紋を広げている。

ただ、高師泰にとっては幕府内での実権を握るための戦だ。足利家の内紛など意に介すものではない。

現時点で義直率いる近畿圏での南朝勢力は衰退し高野山へと引き籠っている。尊氏が高師泰を西国に派遣したのは、南朝軍の実戦部隊として唯一残っている足利直冬の軍勢を撃滅させることで、この戦いに終止符を打つためであった。


正平五年（一三五〇）九月、石見国へと進出した高師泰は、瞬く間に石見国三十二城を陥落させ、次なる目標として三隅城へと狙いを定めた。だが師泰は、この驚異的とも思える戦果に驕ることなく、三隅城の城構えを視界にとらえると進軍は慎重となった。三隅城は力攻めでの攻略が難しいと判断した高師泰は、三隅城の周囲に向城を築き、長期戦を覚悟した攻城戦へと移行した。

周囲の地形を調査し、高師泰が普請した向城は六箇所。北側には水来城。これは北に平原へと通じる街道を抑える。三隅城よりも標高の高い山頂を均し、ここに三千の兵を備える。西側には陣ノ尾城と今城、北西に胴明寺城。これらは日本海への出口である三隅川の下流と須津港へと通じる街道を扼す。標高は低く、縄張りが大きく取れないため、それぞれ千五百の兵を入れ、連携を密にすることとした。南側の河内城は三隅川の上流へと繋がる水路を塞ぐ。ここは川沿いの小さな丘陵であり、千の兵で備える。そして北東の芦谷城は三隅方であった井野城へ通じる街道を抑える。井野城は既に陥落し、北朝方の補給路となっている。芦谷城には三千の兵を常駐させる。これら六つの向城により、外部へ繋がる街道、水路は全て監視することができる。加えて各街道や水路に木柵や監視小屋からなる簡易な陣を築いた。これによって三隅城を完全に封鎖することができる。

向城の普請途上において、南朝方、すなわち三隅城からの妨害もあったが、悉くこれを退け、最終的に六箇所の向城を築くことができた。

その包囲網の完成を確認して、高師泰は蓮正寺に入った。各向城に兵を配置したうえで、蓮正寺周辺に残った兵は一万以上である。蓮正寺は包囲網の外にあることから将兵の休息に用いるとともに、三隅城から各向城への攻勢があるときには支援を行うこととした。

この時代、軍兵を置く場所としては、城館のような軍事施設を除けば、河原や草原といった人の手が入っていない空地か、もしくは神社や寺の境内が選択される。中世、寺社勢力は武士とも対立することもあり、塀や堀といった簡易な防御施設に囲われていることが多い。そのため、軍の首将といった重要人物は防御施設としても、居住空間としても優れている寺社を本陣として定め、号令を発することが多い。

高師泰率いる北朝軍主力は、蓮正寺に入ると鎧を脱ぎ、気を緩めていた。ただ一人、高師泰だけは今後の軍略のため、思案を巡らせている。

「厄介な城だな」

高師泰は腕を組んだまま、中庭から塀越しに三隅城を見上げ独りごちた。

「この城を力攻めで落とすのは下策。向城をもって南朝軍の補給路、連絡路を断ち、籠る兵を締め上げることが上策、といったところか」

師泰は自分の打った策を、もう一度検分する。三隅城のような独立峰は尾根伝いからの進入路がない分、防御力が高い城が普請できる。一方で、外部との連携は難しくなる。

「封鎖は十分。時間がかかるとはいえ、二十日もあれば城を陥落することは可能だろう」と計算した。なにより高師泰率いる北朝軍は、三隅城に籠る南朝軍の十倍近い兵力がある。六箇所の向城に兵を分散しているとはいえ、三隅城の全軍が一つの向城に襲いかかったとしても、城兵が攻撃を支える間に、別の城から出た兵が南朝軍の背後を突ける。同様に、街道を突破、逃亡を図ろうとしても、各城の兵が前面を塞ぎ、挟撃が可能である。

「長門よりの援軍の情報もあるが、それほど数は多くない。援軍を奴らの目の前で粉砕すれば士気も落ち、十日もすれば城を明け渡すだろう」

長門からの援軍到来は十日後と予測している。合わせて二十日間。師泰にとっては余裕もあり、実現性の高い作戦である。

「この戦も我らの勝利、疑いない。山陰の冬は厳しいと聞く。本格的な冬となる前に、九州に入りたいものだが……」

高師泰は各城の普請の進展について報告を受けると人払いし、その日の執務を終えた。

その日は風のない、静かな夜だった。十月としては底冷えし、石見という遠国への行軍、戦闘や城普請に疲れた兵たちは毛皮に包まり、あるいは衣を寄せて寝入っていた。

「火事だ！」

高師泰がその声を聞いたのは未明。東の空、高く薄い雲が僅かに明るく見える程度と、まだ暗い。

「火事です！　早くお逃げください」

甲高く割れたような、酷く慌てた声だ。寺の小坊主だろう。素早く本堂から中庭へと駆けだして耳を澄ませる。

「甲冑や刀槍の音はない。なれば夜襲でなく、本当に失火か」

高師泰が警戒していたのは南朝側の夜襲であった。塀で囲まれた寺への夜襲では成功は覚束ないが、三隅城に追い詰められた南朝側の兵が僅かな可能性に賭けて強行することはありえる。しかし、軍兵の気配が感じ取れない以上、ただの火事と判断すべきであった。同様に、将兵たちが本堂から駆け出し、師泰の周囲に集まりつつあった。

本堂を見上げると、既に赤々と屋根が燃え盛っている。火の廻りが想像以上に早い。境内のあちらこちらから、慌てふためいた悲鳴のような声が上がっている。

「おい、そこの小坊主。寺の者は誰も消火にあたっておらぬのか」

「いえ、はじめは皆で消火にあたっておりましたが、火勢は思いのほか強く……。ともかく、今は早くお逃げください。風上はあちらでございます。煙に巻かれぬよう気を付けてください」

「判った。よし我らも逃げるぞ。具足を付ける暇はないが太刀だけは忘れるな。いくぞ！」

高師泰は慌てふためく将兵を集め、一団となって急いで境内を駆け、門扉を抜けだした。誰かが厩から馬を放ったらしく、嘶きながら暴れている。

「ええい。ただの失火にこれほど混乱するとは情けない」

本堂を包む火勢は渦を巻き、風を起こす。吹き下ろしの風が吹き付け、黒煙が視界を覆う。駆け抜ける小道は山間を縫うように細い。未だ薄い朝陽は手元足元へ届かず、暗い森が両側に迫っている。

「皆様、こちらへ。私の声の方へいらしてください。こちらが安全です」

別の小坊主の声が聞こえ、その声を信じて方向を転じた。頭上に被さるほどの木々を潜り抜ける。炎の赤光が背後から襲いかかる程に迫り、切り取られた自分の影を踏みながら闇の狭間を駆け抜ける。

突如、法螺貝の音が山間に響き渡った。と、同時に暗闇が動き、雪崩れ込むように襲いかかってきた。暗闇に僅かな刀槍のきらめきが、そして甲冑のぶつかり合う音が重なった。

「しまった、伏兵か！」

叫んだときには、既に混戦状態になっていた。一際大きな野太刀を構えた男が、ぶおん、と風切り音を撒き散らすと、一つ、二つと大きな塊がゴロリと音を立てて草むらに転がる。

「我こそは三隅兼連なり！　偽りの朝廷に仕えし高師泰よ。己の過ちを悔い改めよ！」

寝起き姿に刀だけを引っ提げた高師泰は、鎧に身を固めた三隅兼連の姿を認めると抵抗を諦め、背を向けて一心不乱に逃げ出した。

「これは敵わん」

師泰の判断は一瞬で、それが彼の生命を救った。味方の兵を捨て置き、太刀を投げ捨て、あえて森の暗闇へと飛び込み、必死に逃げた。

「何故こんなことに」

心中で毒づきながら、逃げ続けた。背後から配下の悲鳴が届くが、全てを無視して駆け続けた。ただ、一つの疑問だけが、頭の中で渦巻いている。

「何故奴らは火事から逃げ出す我らの先に伏兵をおけたのか……」

朝陽が昇る。東から差し込む陽光が、戦闘の残滓を白々と映し出す。山間を抜ける小道に、木々の合間に、倒れているのは具足を纏わぬ北朝軍の兵ばかりである。

一騎の若武者が戦場へと駆けつけ、見知った顔を認めると手綱を引いた。

「三隅殿、無事であったか。この様子だとお主の策はあたったたと見える」

「直冬殿の御蔭をもちまして。ただ、残念ながら敵の主将たる高師泰は取り逃がした様子。申し訳ございませせぬ」

「よいよい、北朝軍に一泡吹かせれば十分。これで我が軍の威勢も上がり、援軍も間に合うことだろう。見事な働きだった」

足利直冬は馬上から三隅兼連を労ってみせる。兼連の鎧は返り血に濡れ、手にした野太刀は滴るほどの血刀に成り果てているが、自身は傷一つ負っていない。

「力を貸してくれた寺の者たちにも礼をせねばなるまいな」

「はっ。ただ新たな処遇を約す必要ないかと。先の約束を確実に履行していただければ十分かと存じます」

二人の会話の間にも笑みが漏れる。

この一戦のため、三隅兼連は仙ノ山で手に入れた銀塊をある人物の目前に積み上げげてみせた。その相手とは三隅郷内の住持（寺の長）だった。

兼連は数に勝る北朝軍の勢いを挫くには、夜襲が必要と考えた。しかし夜襲の問題として、武具を付けたまま気付かれずに敵陣に忍び寄ることは難しい。そこで各寺の住持自らが寺を焼き、火から逃げ惑う北朝方の軍兵を伏兵の目の前へ誘導する策を立ててみせた。その策の成立のためには、寺の再建を約することで住持の信頼を得る必要があった。住持たちは足利直冬の威光と、目前に積み上げられた銀塊の山とを信じて、三隅兼連の策に賛同したのだ。

「恩に報いるためには立派な寺を再建させてやらねばならぬな。ふむ、ならば一つ、我が寺の名を考えてやろう」

直冬と兼連は、未だに赤々と火焔をあげ、燃え続ける蓮正寺の本堂を見遣った。煙はうねるように天へと登っている。

「我らは未だ力が足りぬ。蓮池の鯉のようなもの。しかし鯉は滝を登り、やがて龍になるという」

涼やかに、笑みとともに宣言する。

「我らは時代という激流に抗い、長じて龍となり雲を跨ぎ天上へと登るだろう。なれば、新しく建立する寺の名は『龍雲寺』とするがよい」

小さな白い光が直冬の目の前を横切った。無意識のまま掌を拡げると、掌に落ちた白く冷たい一片が朝日を受けて輝いている。

「銀花か……」

雪のことを、その幾何学的な結晶と眩いばかりの輝きから、『銀花』と表現する。

例年より早い冬の到来は、三隅城に籠る南朝方を有利に導く天の助けだろう。その銀花は、足利直冬の前途を祝福するものに兼連は思えた。


この一戦において北朝軍の兵数はさほど減じなかった。三隅兼連が夜襲に率いていた兵は百騎にも満たなかったからだ。しかし、この夜襲で北朝軍の士気は大きく低下した。特に、長期滞陣が必要な攻城戦において寺社などの地域勢力を味方にできなかったことが、彼らの不安を増すこととなった。

その後、三隅城は長門からの援軍を得て、結果として百三十日もの籠城戦を耐え抜いた。高師泰軍の停滞に苛立った足利尊氏は自ら西国へと軍を発したが、その隙を突いて足利義直が挙兵。背後を突かれた足利尊氏軍は自壊、高師泰軍は退却の際に三隅兼連の猛追撃を受け壊滅した。三隅兼連は、三隅城を守り切り、ついに北朝軍を退けたのだった。

勢力を盛り返した足利義直は尊氏軍を破り入洛したことで、尊氏と義直は和解した。

しかし翌年、義直は尊氏に毒殺された。

正平八年（一三五三）、足利直冬は三隅兼連をはじめとした石見諸将を率い、京を目指した。義父である足利義直の弔い合戦である。直冬は連戦連勝し、尊氏を敗退させ京を手に入れた。しかし、近江で勢力を回復させた足利尊氏が反撃、洛内の各所で激戦となった。その中で三隅兼連は東坂本での戦いで命を落とした。南朝方は敗北、足利直冬は西国へと落ちのびた。

その後、直冬軍は瓦解し、足利直冬は石見国の慈恩寺（現在の江津市都治町）に隠棲することとなる。

弘和二年（一三八二）、三隅信兼は龍雲寺を創建し、三隅氏の菩提寺とした。その境内には三隅氏累代の墓が並んでいる。墓のほとんどは浄土である西側を向いているが、三隅兼連の墓のみは、東側を向いて建てられている。

「自分の墓は必ず東方に向けて築くように」

南朝方の一員として激戦の中で生涯を過ごした兼連は、その言葉を残して息を引き取ったと伝わる。足利直冬の征夷大将軍就任を願い、京へと向いたまま眠る兼連の、その思いはどれほどのものであったのか。

だが、その望みは銀花のように、淡く消えゆく夢の如き幻だったのかもしれない。

山城の攻城戦における包囲網を考える

「大軍勢を用いて敵城を包囲する」というと、どういうイメージが思い浮かぶでしょうか？　籠城戦で有名なのは、大坂冬の陣、小田原城の合戦、月山富田城攻防戦といったところでしょうか。

一般的に、攻城戦には籠城兵の十倍の兵が必要といわれ、前述の攻城戦では相応の兵が準備され、最終的に攻城側が勝利しています。

「猫の子一匹通さない」とか「蟻の這い出る隙もない」といわれる程の圧倒的な包囲網で籠城兵を屈服させたのです。

さて、ここで三隅城での合戦です。三隅城に籠るのは三隅兼連率いる兵二千。対する高師泰は二万二千の兵を用いて三隅城を取り囲みます。数字だけで見ると、攻城側の高師泰の兵は籠城側の兵の十倍以上。勝利間違いなしという状況です。

図4は、この時、高師泰が三隅城を包囲するときに普請したであろう六箇所の砦の位

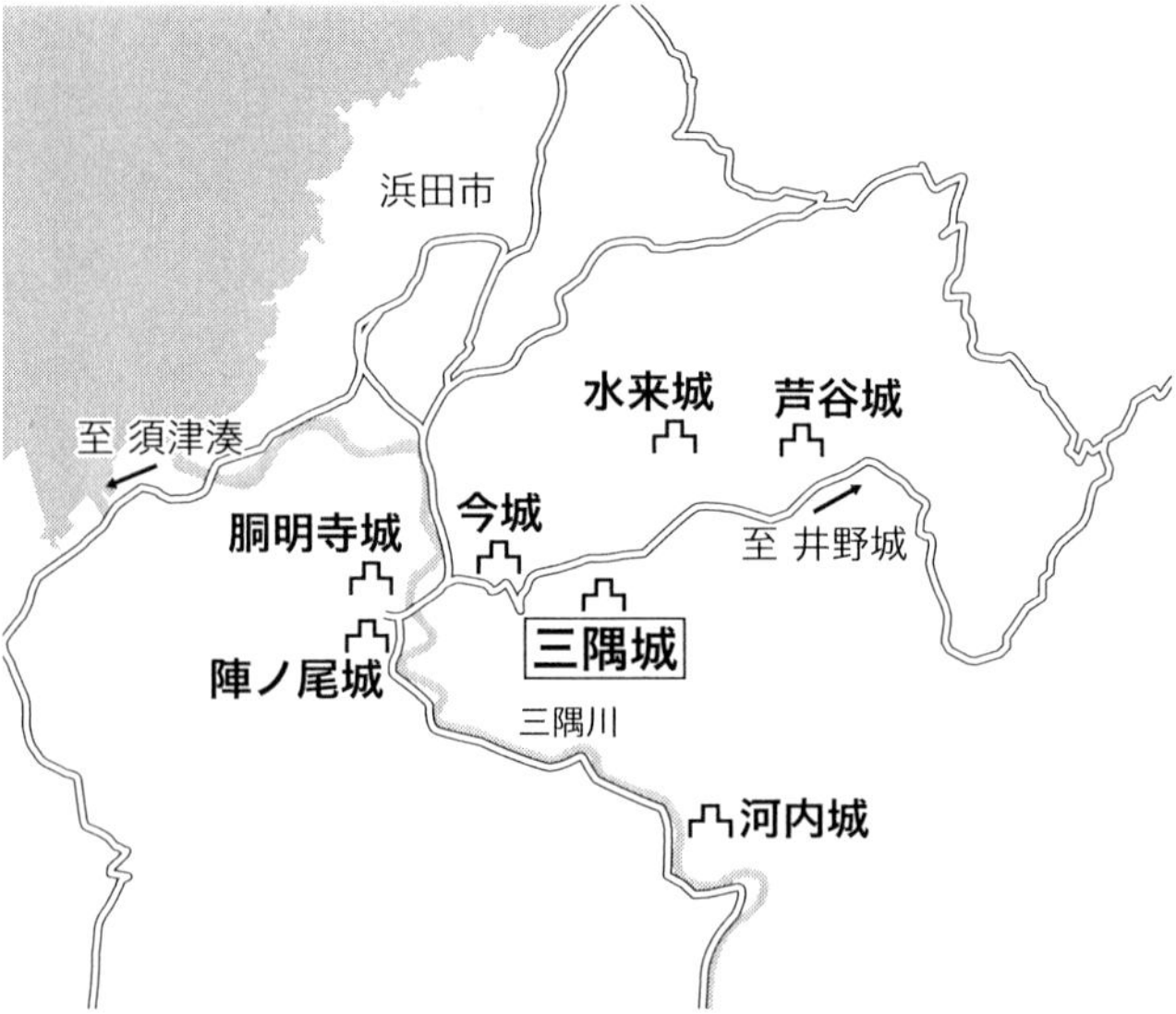

図４　三隅城合戦配置図（推定）

置を示しています。これで見ると高師泰方の包囲網は「蟻の這い出る隙もない」という状況にはとても見えません。周囲六箇所に向城を築いたとはいえ、特に南東側にはほとんど兵が配置できていません。これは城の立地が影響しています。

先にあげた大坂城、小田原城、月山富田城は平地などの開けた場所に造られた平城もしくは平山城です。したがって、周囲に兵が展開できる場所が広く存在します。

一方、山脈丘陵地帯が拡がる石見国では、単独峰の山城とはいえ周囲に山が連立し、兵が展開できる場所は限られています。当然、街道そのものに簡易な柵を設置して通行を妨害するでしょうが、多くの兵を配置することはできず、窪地であることから敵襲に耐えることは難しいと思えます。

となると三隅城から伸びる通路（街道および水路）を監視でき、さらに砦として一定の兵力を収容でき、敵からの急襲に対し防御し易い場所が選ばれることとなります。山の斜面は削っても大した平面を確保できませんので、必然的に小山の頂上を均して陣地とします。それが図示した、水来、陣ノ尾、今城、胴明寺、河内、芦谷の六砦になります。

実際のところ、向城の間にこれだけの距離があれば、十数名程度の少数の兵であれば気付かれずにすり抜けることが可能でしょう。三隅兼連の夜襲は、この隙を突いたものです。ただ、二千もの兵全てや、糧食を積んだ荷車などが通ろうとすると、さすがに気付かれて妨害されることでしょう。三隅城合戦での高師泰の包囲網は、完全包囲というよりも、糧食などの補給を断ち、城内の兵に精神的圧迫を与えて降伏や内部分裂を待つというものだったと思われます。消極的に思われますが、当時の籠城の日数は三十日程度が限界といわれていますので、三隅城の合戦で百三十日もの籠城戦を耐え抜いた三隅兼連の手腕は相当強《したた》かなものであったと言えます。

ちなみに現在の三隅城は、浜田市三隅町の町並みから東へ抜ける山間の道へと向かうと、目の前に高く聳えている山となります。

九合目まで車で行けるうえ、山頂（本丸）は周囲の木々が取り払われており、日本海を望みつつ、ほぼ全周を見渡すことができる絶景の場所です。

幾つかの案内板も設置してあり、周囲の城跡も判るようになっています。高師泰が設置した向城を見下ろしつつ、三隅兼連の気分を堪能することもできる、オススメの城跡です。

また、三隅氏の菩提寺である龍雲寺は三隅城の中腹に建っており、その壮観な様は一見の価値ありです。三隅家累代の墓も、もちろん三隅兼連の墓も見ることができます。

ただ、龍雲寺は三隅氏滅亡の際に焼け落ちており、現在見ることができるのは江戸時代に再建されたものだそうです。

三隅城跡から陣ノ尾城、胴明寺城、今城を臨む

龍雲寺。後背に高城山（三隅城跡）が聳える

望煙

出羽元祐　二ツ山城史

緩やかな上り坂を大小二つの人影が、駆け登っている。夜が明けたばかりの夏の陽射しはまだ緩く、木陰を抜けて吹く風は涼しさを保っている。

出羽元祐《いずわもとすけ》は、まだ幼い嫡子の手を引いて一心不乱に駆けていた。顔に血の気はなく、早朝の涼やかさに反し、顎から滴るほど体中汗ばんでいる。

元祐は足を止めぬまま袖で額の冷えた汗を拭う。ふと見上げたその先に、視界を埋めるほどに、その山影の威容が飛び込んできた。草木が綺麗に刈り取られ地肌を見せる山腹、幾つもの尾根上に山裾に向けて連なる曲輪、それを囲む木柵、そして二つの山頂に二つの主郭、空に向けて高く伸びる櫓。出羽氏代々の居城である二ツ山城だ。

城の一郭から煙が昇っている。狼煙《のろし》だ。

その光景を目にし、急に足を止めた。手を止め引かれた形となった幼子が不思議そうに元祐を見上げる。元祐は愕然と、そして茫然と見上げる。

「この城は……、既に我らの城ではない……」

不意に湧きあがった思考が頭の中に満ち、一歩も動けなくなっていた。


出羽元祐は夜明け前にその一報を受けて、目の前が暗く歪むのを感じた。

「それは真か。真に元倶が、いや殿が亡くなったというのか」

出羽元倶は今の出羽氏の当主である。まだ十七歳と若い。しかし生来の病弱であり、このところ床から起き上がれない日も多かった。そのため、実務は専ら前当主である出羽元祐が行ってきた。

「はい、事実でございまする。御館から堅田様よりの早駆けが参っております。御会いになり御確認なさいますか」

「いや、それはよい。私が直ぐに御館へ向かう」

そう言って立ち上がろうとすると、再び目の前が揺らぎ踏鞴《たたら》を踏む。心配そうに見上げ伸ばしかけた部下の手を振り払って、両足を踏みしめた。今、自分までもが倒れる訳にはいかない。

「そうだ、宮徳丸を呼んでくれ。一族を守るためには、我が子を跡継ぎにせねばならぬ。若殿様、いや、毛利の大殿の許可を頂けねば、我らは……」


出羽氏は、本姓を富永氏といい、鎌倉時代初頭に出羽郷の地頭職に任命され、出羽氏を名乗った。以来、その地を治めてきた。

出羽氏は室町時代前期、いわゆる南北朝時代より高橋氏と対立していた。正平十六年（一三六一）、高橋氏は出羽氏の居城二ツ山城を占拠し、出羽氏は出羽郷から追い出された。以来、出羽氏にとって、二ツ山城を取り戻すことは一族の悲願となった。出羽氏は周防の大内氏に臣従し、多くの戦いにも参加したが、長くその願いは叶わなかった。

享禄二年（一五二九）、その高橋氏は毛利元就によって滅ぼされた。そして、毛利元就と協力関係にあった出羽氏は出羽郷と二ツ山城を取り戻すことができた。百六十年越しの帰郷である。出羽一族はその恩義を忘れなかった。元祐の父、祐盛は毛利氏の与力となることを誓約する起請文を提出し、まだ安芸の一国人衆に過ぎない毛利氏に忠誠を誓うことになる。

この時、出羽元祐は八歳。郷をあげての祝宴を、城内で夜通し繰り広げられた宴を、篝火の数々を、父祐盛の歓喜の叫びも、城を見上げ涙する一族の姿も、その記憶に深く残っている。

危なげな足取りで元祐は歩み寄り、膝から崩れ落ちるように、大蒲団の傍へと坐り込んだ。大蒲団は人型に薄い膨らみを保っている。その頭の部分には白い布が被せてあり顔は見えない。元祐はその光景を目の前にして指先一つ動かすことはできなかった。両手を畳につけ、体を支えるのが精一杯である。向いに腰を下ろした古参の家臣である堅田が白い布を持ち上げた。はっと息を吐いたのは、傍らに並ぶ宮徳丸か、女房たちか。だが、元祐は下唇を噛んで声が漏れるのを耐えた。

「元倶よ、何故この時に……、いや、どうしてこのように早く……」

口から洩れるのは囁くような弱声。誰からの応《いら》えも、誰からの答も必要でなかった。元倶の顔はただただ白く、感情を読み取ることも難しかった。十七歳。それほどに早く、出羽元倶は、出羽氏の描いていた未来は、唐突に断ち切られたのだ。虚無に吸い込まれるように、元祐はその顔を見詰めるだけだった。

「……殿、元祐殿……」

呼び声に、はっと気付き頭を上げた。向い側に座った堅田と視線が交錯する。

「殿、御無念のこと、心中お察しいたしますが、御声掛け頂けないでしょうか」

「そ、そうか。そうだな……」

元祐は改めて衣服を正し、元倶に向き直った。

「元倶よ、お主の死に際に立ち会えず、申し訳なかった。お主の御蔭で、これまでの我ら出羽氏の繁栄があったのだ。心から礼を言う。これよりは己一人のために、安らかに眠られよ」

元祐が目を閉じ俯くと、席を同じにした者皆、ある者は涙を流し、ある者は袖口で顔を隠し、同じように目を閉じた。まだ幼い宮徳丸も元祐の傍で、神妙な様子で堅く瞼を閉じ両手を合わせていた。

静かに、ただ静かに、別れの時間が過ぎていった。

「今は出羽氏の存続の危機、毛利の大殿には元倶の跡継ぎとして、宮徳丸のこと、そして領国の安堵を認めて頂く必要がある」

出羽元祐は信頼のおける臣下である堅田と二人きりで隣室に籠っている。襖の向こうからは、誰かのすすり泣きが聞こえている。

「大殿へは起請文を差し出そうと考えておる。その内容はこのとおりだ」

元祐が懐から出した紙には、殴り書きのように、慌てて書いたらしい文字が並んでいた。それを一読して堅田は息をのんだ。

「このような……、本当に、このようなものを差し出すおつもりですか？」

懐紙に記されている条文は三。その三つ目の条文を目にして、明らかに手が震えている。

「そうだ。既に元倶の死は毛利本家へ伝わっているだろう」

元祐は館へと駆けている時、二ツ山城から昇る狼煙を目にした。あれは、出羽の臣へと伝える狼煙ではない。現に、元祐の元には、堅田からの伝言が届いていたのだから。あの狼煙は、遠く、毛利本家へと元倶の死を伝えるための煙だ。

「このことは毛利本家でも検討なされていることだろう。我が一族の安堵のためには、本家の意向、それ以上の譲歩を受け入れる姿勢があることを示す他あるまい」

言い切った元祐の声には、悲壮な決意が滲んでいた。

吉田郡山城において、出羽元祐は毛利家当主である毛利輝元と対面した。その場には輝元を補佐する吉川元春と小早川隆景が同席し、元祐もまた息子である宮徳丸を連れていた。

「この度の事、残念であった。私にとっても信頼できる叔父上を亡くしたこと、心細い思いである」

出羽元祐は額を畳に擦り付けたまま、輝元の声を聞いた。

「出羽殿。お主より提出されし起請文、確かに受け取った。貴方は祖父、元就公の御代より長きに渡り従ってこられ、信頼のおける臣である。そして、この度の件についての落ち度があろうか」

輝元は左右の叔父たちに視線を送り、頷いた。

「よってお主の希望どおり、宮徳丸を出羽家の後継として認めよう」

ははっ、とさらに畳に額が埋まるほど頭を下げて元祐が応える。

「そうだな、吉日を選んで元服の儀を執り行うがよい。今後、宮徳丸を当主とし、元祐はこれを補佐するがいい。良いな」

ははっ、と頭を下げたままの声に、未だ、不安の色が混じっている。

「そして起請文の三つ目の件だが……。その必要性を今は認めない。これまでどおり領地を治め、毛利家に仕えてもらえば幸いと思う。私からの話は以上だ」

ははっ、と一つ覚えのように元祐は応える。ただ、その声音には明らかなほど安堵の色が混じっていた。それを感じ取って、毛利輝元と小早川隆景、そして吉川元春は目を合わせて苦笑するしかなかった。

数刻前、出羽元祐との面会に先立ち、毛利輝元は困惑していた。

「これは新しく当主となった我を試しているのか？」

手にしているのは出羽元祐が提出した起請文。それに目を通し、首を傾げながら叔父である元春へと手渡した。元春もさっと目を通し、隆景へと渡す。

その起請文には次のような事が記されてあった。

一つ、出羽氏は今後も変わらぬ忠誠を毛利家に尽くすこと
一つ、出羽氏の後継として宮徳丸を元服させ、当主として認めて頂きたい
一つ、先の二点を認めて頂くなら、領地の削減や領地替えも受け入れる

「叔父殿。この内容をどう思う。自分は毛利の当主として相応しいかどうか、試されておるのだろうか？」

毛利輝元の疑心を、元春も隆景も一笑に付す訳にはいかなかった。出羽元倶が亡くなったのは元亀二年（一五七一）八月。そのほんの二箇月前の六月に毛利元就が亡く

なっている。輝元は永禄八年（一五六五）には当主として公表されていたものの、実質は元就が家政を取り仕切っていた。そして偉大なる祖父が亡くなり、最初に遭遇した難題がこれだった。

「出羽氏への対応を誤れば、当主としての器量を疑われるということではないのか？」

さらに事態を複雑にしているのは出羽元倶の出自であった。出羽氏の当主であった出羽元倶は出羽元祐の実子ではなく、出羽一族の血縁でさえなかった。元倶は毛利元就の六男であり、九年前の永禄五年（一五六二）に、嫡子のいなかった出羽元祐の養子として出羽氏に迎えられたのだ。

すなわち、出羽元倶は吉川元春、小早川隆景の弟であり、毛利輝元の叔父にあたる。国人領主が当主の子を養子として貰い受けることで、両者の関係を強化し、氏族の権勢を高めることはこの時代、各所で行われている。その中で、出羽氏は毛利との関係の強化を望み元倶を貰い受けたにも関わらず、その繋がりが切れてしまったのだ。

複雑な状況の出羽氏への対応を、新当主の輝元がどのような判断を下すか。毛利の家臣たちは固唾を飲んで見守っているはずだ。

「もし、我が家臣たちの意に染まぬ判断をすれば、祖父と異なる対応をすれば、皆がどう思うか……」

「そのような心配は無用でございます」

隆景は緩やかに笑う。

「今の御館様は殿でございます。誰も反対もなさいませぬし、父とは比べることはございませぬ。そもそも、今のこの事態に父がどのように対応するかなど、誰にも判り様がないではありませぬか」

「それに出羽殿の言のあり様は父上の責任もありますからな」

続く元春の言葉に、輝元も隆景にも思い当たる節があった。長く毛利家に従い石見攻略に貢献してきた福屋氏を、元就は一度の離反を許さずに滅ぼしたことがある。また、石見銀山を占有し毛利と争ってきた本城常光に対して、降伏を許した直後に一族全員を謀殺したこともある。

毛利元就の謀略は有名であり、敵対者のみならず、家臣であっても油断できないと思われていたのだ。

「出羽殿は恐れているのでしょう。元倶が亡くなったのは大殿が亡くなって僅か二箇月後。実の子を後継者とするため、養子であった元倶を謀殺したのではないか、と。そう疑われることを」

「ふぅむ、なるほど。では、我のすべきことは……」

輝元は少しだけ不安そうな表情を見せながらも、正面に座る叔父たちの顔を見渡す。

「出羽殿には嫡子を後継として認め、また領国安堵を伝えねばなるまいな」

「それがよろしいかと」

輝元、隆景の会話を聞きながら、元春は別の思案にふけっていた。それは出羽元祐の人となりである。

「妙に優しいところは昔のままだな。だが、考えが足りぬところも昔のままか」

吉川元春は小さく呟きながら、出羽元祐との記憶を思い出す。それは、ともに戦場に臨んだ記憶だった。

永禄元年（一五五八）二月、毛利家は石見攻略を目的に吉田郡山城より兵を発した。先遣部隊として吉川元春が千騎を、また福屋隆兼が千五百騎を率い合流、二ツ山城へと着陣した。

二ツ山城は安芸国と石見国を繋ぐ街道沿いに築城された要衝である。かつては大内氏の月山富田城攻略戦においても、二ツ山城で滞陣し、石見諸衆を糾合して出陣している。

今回の毛利の石見攻略戦もこれに倣い、二ツ山城へ兵を集め、一気に尼子方の諸城を攻略する作戦であった。

これに対し尼子方の本城常光と小笠原長雄は、尼子本家と連携しつつ八千騎を集め出羽郷へと進出した。毛利の兵が集まる前に一戦し、出鼻を挫こうとしたのだ。後に出羽合戦と呼ばれる合戦の始まりである。

「あの煙は、まさか！」

出羽元祐は二ツ山城東主郭より尼子方の動きを見て目を見張った。郷のあちらこちらから黒煙が昇っている。かなりの広範囲に本城、小笠原の軍勢が動き、家屋や倉庫に火を放って廻っていた。

通常、軍勢は進軍にあたって街道沿いの家々に火を放ち破壊する。これは伏兵の可能性を排除するための定石である。しかし、尼子方の軍は進軍とは無関係の街道から外れた郷の家々にまで火を放ち、さらに山間に逃れている住民まで襲いかかり、追い払っている。出羽郷は中国山地の山頂域にあり、冬季の寒さ、雪の深さは相当である。家を焼かれ、追い出された郷人の苦労は想像を絶する。今季の雪はいまだ少なく行軍に支障がない程度であるが、この後豪雪ともなれば死人が出るのは確実である。これは軍事上必要な作業ではなく、明らかに二ツ山城に籠る兵、すなわち出羽元祐と吉川元春に対する挑発であった。

元祐は急いで西主郭へと奔った。吉川元春の姿を認め、声高に叫ぶ。

「吉川殿、お願いがございます。我らに出陣の許可を！」

吉川元春は見張り台へ登っていたらしく、梯子段の最後の二段をとばして飛び降りた。元祐の言葉を予測していたらしく、眉を顰めた。

「尼子勢は罪のない郷の人々を苦しめようとし家々を焼いております。私は……私には、あれを見過ごすことなどできませぬ。どうか出撃の許可を！」

「少しは落ち着きなされ、出羽殿」

横から声を掛けたのは福屋隆兼だった。

「敵の目的は我らを挑発し、出陣を誘っていること明白。現に数でみれば敵の本城勢、小笠原勢の兵が優位。敵の策にみすみす陥る訳にはまいりますまい。今、我らが出ても兵を失うだけのこと」

福屋隆兼は石見国における有力な毛利方の国人衆である。数々の戦いに参加し、猛将との評価も高い。それだけに、その言に重みがある。

それでも、高々と上がる煙と、燃える家々、困窮する郷人の光景が元祐の脳裏に浮かぶと、諦める訳にはいかなかった。

「郷の人々はこの城の普請を担ったのです。我々だけが安全な城内に籠り、郷の人々の苦難を見過ごすわけにはまいりません」

「それで、ともに死のうというのか」

隆兼の言は冷たいが正論である。出羽郷の住人の半数は、ここ二ツ山城へと逃げ込んでいる。敵を滅さんと討って出、もし負けることとなれば、結果的に郷人を守ることはできなくなる。城兵も郷人も、ともに死ぬこととなる。

「福屋殿の言のとおり、ここにいる兵をみすみす死地に送ることは出来かねる」

　吉川元春がさらに続ける。

「確かに、出羽郷の人々の苦難、お主の苦衷は理解できる。しかし、重要なのは人だ。郷人の生命さえ守ることができれば、後はなんとでもなる」

　だが、元祐の思いは強く、ここで退く訳にはいかなかった。

「出羽の郷は鉧製鉄の土地柄です。古来より砂鉄を掘り、黒鉄や玉鋼を造り、刀鍛冶にも重用されてきた土地です。これから先も彼らの支持を得るためには、我らも姿勢を見せねばなりませぬ。彼らを決して見捨てることはない、と」

「……」

　元祐の熱意に、隆兼は押し黙り視線を吉川元春へと向けた。元春も暫し思案を続けてから、おもむろに口を開けた。

「元祐殿、お主は優しい男であるな。だが、それは目先の優しさだ。それ故にいつか、お主は大変な苦痛を背負うことになるだろう」

元春の言葉を、元祐は理解できなかった。

「それはともかく、元祐殿の言は一理ある。だが、勝ち目のない戦に貴重な兵を用いる訳にはいかぬ。お主には、何か算段があるのか」

「はい、多少なりと思案がございます」

言って元祐は手にしていた絵図面を拡げる。吉川元春と福屋隆兼も、身を乗り出して覗き込んだ。

「敵は二手に分かれ、ここ二ツ山城へと迫っております。本城勢は井原から鱒淵に向けて進んでおり、小笠原勢は布施から和田に向けて進軍しております。本城勢はここ二ツ山城で抑えるとして、問題は小笠原勢です」

元祐は絵図面の一角を指し示す。

「小笠原勢の予想される進軍路、布施から抜けてくる、ここ和田に部隊を出し防衛線を張りまする。本城より和田に向けては、ここに山間を通る間道がありまする。防衛線で敵を食い止める間に、間道を通じて迂回部隊を背後に回し挟撃致します」

「ふむ……。悪くない策だな」

吉川元春は頷きながら、隆兼へと視線を向ける。

「隆兼殿はどう思う」

「私も悪くはないと思いますが……」

隆兼は首を傾げながら語尾を濁した。

「防衛線は我々、出羽勢が受け持ちます。迂回、奇襲部隊を、福屋殿にお願いいたしたく存じます」

「いや、それは無理だろう」

隆兼は元祐の提案をあっさりと切り捨てた。

「この策では防衛線が十分に耐えられるかが勝敗の要。出羽殿、お主の手勢、いかほど残っておる」

「……出せるのは三百騎が限度です」

出羽勢の現状を、既に隆兼は、いや、吉川元春も知っているのだろう。小笠原、本城軍の挑発行為に、出羽の兵は釣られるように城を降り、自らの郷を守るために十騎、二十騎と飛び出して行った。その行為を、元祐は知っていて留めなかった。彼らの心中を慮っての事であった。

「その兵数では小笠原勢を支え切れまい。それに、この辺りの地勢に詳しい者が奇襲部隊を率いるべきだ」

隆兼は淡々と言葉を続ける。

「防衛線は福屋勢千五百で受け持ちます。迂回部隊に出羽勢を。吉川殿にはここ二ツ山城にて本城の軍勢を受け持っていただきたい。いかがでしょうか」

「ふむ、……いいだろう」

「では直ぐに出陣の準備を……」

「お待ちください！」

直ぐにでも席を立ち、本陣を出立しようかという勢いの隆兼を元祐は呼びとめる。

「どうしてそのような……。出羽郷のために、どうしてそれほどまで福屋殿が矢面に立たねばならぬのです」

「それは、我もお主と同じ気持ちだからよ。お主の郷人を守りたいと思う気持ち、強く伝わった。我もその気持ちに応えたいと思うたまでのこと」

隆兼は莞爾と笑い、元祐の肩に手を乗せる。

「それにな、出羽殿。我は勝ち目のない戦に向かう気はさらさらござらぬ。お主の立てた策に勝算があると思えばこそだ」


永禄元年（一五五八）二月、石見国攻略を狙う毛利元就は兵を発し、その先行部隊として吉川元春、福屋隆兼が二ツ山城へ入城した。この動きに対し小笠原長雄は本城常光を伴い、尼子方の牛尾幸清と合流し、兵八千でもって出羽郷へと出陣した。尼子勢は、毛利の一翼を担う吉川元春が少勢で出張ってきたところを挟撃し、一気に屠る目算であった。

先陣の小笠原勢の進軍を妨げるように、和田の地で陣を敷くのは福屋隆兼率いる千五百の兵である。福屋勢を少勢と見て取った小笠原長雄は直ぐさま突撃を命じた。短い矢合わせののち、刀槍を用いた白兵戦へと移る。兵数が劣るにも関わらず戦線を支え続ける福屋勢に対し、苛立った小笠原長雄は騎馬隊を差し向けた。側面から襲いかかる騎馬隊に、福屋の陣は乱れ、一気に後退するかと思われた。その時、小笠原の騎兵が前面に見たのは馬防柵の列であった。福屋の歩兵は柵の隙間をすり抜けて退避し、その後方から弓矢を持って小笠原の騎兵へと撃ちかけた。戦慣れした福屋隆兼の兵法であった。騎兵は瞬く間に討ち減らされ、その救援のために牛尾幸清の兵千が戦場を迂回し、福屋の後方へと回り込もうと図った。

この牛尾勢に対し、山中を密かに迂回してきた出羽元祐の兵三百が奇襲した。この奇襲は牛尾勢の陣形を大いに乱したものの、潰走には至らなかった。これによって戦況は尼子勢、毛利勢が入り乱れた乱戦状態へと推移した。乱戦はいくらの戦略戦術の入り込む余地もない消耗戦である。尼子勢四千に対し、毛利勢は二千弱の兵しかなく、戦の趨勢は明らかに見えた。

夕刻に迫る頃、毛利方の杉原盛重率いる兵八百、そして吉川元春自身が兵を率い、戦場へと突入した。新たな精鋭部隊の参戦により、戦況は一変。小笠原長雄ら尼子勢は算を乱して退却することとなった。

「危ういところであったな」

　二ツ山城へと帰還した出羽元祐を出迎えたのは、城内各所で燃える篝火と、戦支度を解いた吉川元春であった。

「本城勢の動きが鈍かったのでな。杉原殿の兵とあわせて助力できた。いやはや、お主も運の良い御仁よ」

「御支援かたじけなく……」

　元祐は頭を深く下げながら、小さく応えるのがやっとだった。激戦での疲労困憊もある。しかしそれ以上に、己の不甲斐なさが身に沁みる戦いであった。自分の我儘から出陣を促しておいて、兵数は不足し、立てた策は有効に働かなかった。吉川元春らの援軍がなければ、生きて城へ戻ることも覚束なかっただろう。

「思うたより失った兵は少なかった。この季節ならば、怪我人の回復も早かろう」

　失った兵は、出羽勢よりも福屋勢の方が明らかに多かった。それでも福屋隆兼は怨み事一つ言わず、兵の再編に勤しんでいる。

「私は……」

「それ以上、今は何も言うな。お主の想いは、皆、判っておる。その気持ちを忘れずにおれば、立派な領主となることだろう」

「……」

その後、二ツ山城には安芸吉田より派遣された熊谷、三須、天野などの三千騎、更に益田氏、佐波氏などの石見諸将の兵二千余騎が加わった。これを見て尼子方の本城、小笠原の兵は攻撃を諦めて退却した。この時をもって、毛利方、尼子方、互いに勝利を得ることなく、出羽合戦は終了した。

出羽元祐は毛利輝元との面談を終えた後、出羽郷へと戻っていた。久方ぶりに二ツ山城へと登り、山頂の主郭へと立った。

眼前に広がるのは出羽郷。郷の中央には、西から東へ緩やかに流れる出羽川。その川が削り出した広い河岸段丘が出羽郷の中心である。川筋には砂鉄を採る人々が溢れ、冷えた身体を温めるために各所で焚火が焚かれている。採れた砂鉄はタタラ場へと送られ、冬季には製鉄が営まれる。そこで造られた鉄は、出羽鋼と呼ばれ日本刀に適した材として重用されている。川沿いの水田には、夏の陽射しを受けて大きく伸びた雑草を毟る女たちがいた。街道に植えられた立木の陰で座り込む行商人たち。山に入った子供たちは薪を集め、川で水飛沫をあげる子供たちは小魚を採っている。ごくありふれた、平穏な夏の一日。

「この郷の人々の暮らしを守ることこそ、我の仕事と思うておったが……」

元祐は首を振り、西主郭を見上げる。二ツ山城はその名のとおり、二つの山頂があり、東西に並ぶ主郭は西側が少しばかり高い。その西主郭は二ツ山城の言わば本丸であり、出羽氏の主に連なる人物（過去には大内氏、今は毛利本家に並ぶ人物）が陣取る場所とされる。出羽郷で繰り広げられた戦の、そこでの吉川元春の指揮ぶりを思い出す。

「私の思いは小さなものだったのだろう。郷を、土地を、人を守るには。上に立つべく領主には、さらに大きな世界に目を向ける必要があるのだろう」

元祐は遠く、吉田郡山城を望む。だが、遠くの山々は霞み、己の未来を示しているようだ。

「私は今でも、それをなせそうにない」

もし、嫡子宮徳丸が出羽家の後継として認められなかった場合、出羽勢は二ツ山城に立て籠り、徹底抗戦することが可能であっただろうか？　出羽合戦の際、郷人の苦難を憂い、出陣を唱えた自分は、嫡子と郷人を秤にかけ、どちらかを選ぶことができただろうか。いや、そもそも、出羽氏の本拠地である二ツ山城にも問題はある。

二ツ山城の裾野は広い。往時には二万近い兵を滞陣させることができたのだから、曲輪の数も多く、また一つ一つが広い。石見国では五指に入るほどの規模を誇っている。その半面籠城戦の際には、広い城域に多くの守備兵を要することにもなる。今の出羽家の動員兵力では、二ツ山城の全ての曲輪に兵を配置し、守りを固めることさえ不可能なのである。

元倶の死を聞き、館へ登る途上、城影を見上げた時に気付いた。たとえ、毛利の意向に逆らおうとも、我が出羽家にとって毛利に歯向かい徹底抗戦で籠れる城など、すでに存在しないということに。それに気付いたゆえ、愕然と足を止めた。

出羽家は、出羽郷は、二ツ山城は、既に毛利のものである、ということだ。元祐の思惑も画策も、何の意味も持たない程に。

「元祐殿、お主は優しい男であるな。だが、それは目先の優しさだ。それ故にいつか、お主は大変な苦痛を背負うことになるだろう」

心中の苦痛の正体に、元祐は気付いている。己の無力さと元倶のことだ。出羽郷の人々のため、毛利家中における出羽氏の権勢を強めるため、元就の子である元倶を出羽氏の当主に据えた。幼少の折より身体が弱く、毛利家中において期待されていなかった元倶を、あえて元祐は養子にと望んだ。結果として、出羽の郷を守ることが、目の前の平和な光景を得ることができた。できたのだと思っていた。

その中で、元倶の想いは奈辺にあったのだろうか。今となっては知る術はない。しかし、元祐は元倶とともに肩を並べ、もう一度、この光景を眺めたかった……。

「父さま！」

足元から聞きなれた子供の声が響く。声の方を見下ろすと、人影が二つ見えた。二ツ山城の裾野は広い。波の如く大小の空堀や土塁が続き、その狭間を縫うように大手からの坂路が伸びている。小さな姿は路を無視するように谷を渡り、土手を乗り越え、一直線に駆け登る。小さな影は宮徳丸、いや、この機会に元服し元勝と名乗った我が子だ。そしてだらだらと汗を流しながら、元勝を追っているのは家臣の堅田。対称的な二人の様子を眺めると、俄かに笑みがこぼれる。

「父さま！　そこに居られましたか。そこから何が見えまする」

軽やかな足取りで横堀の壁を登り切り、木柵を潜りぬける。軽く、息を弾ませるだけで、元勝は元祐の目の前へと飛び上がった。

「わぁ、いい風。今日は遠くまでよく見えますね」

身を乗り出すようにして背伸びする元勝の肩に手を乗せると、子供特有の温かさが掌から伝わってくる。

そうだな、と言葉少なに相槌を打つ。

「父さま！　私に政のこと、教えてくださりませ。それに兵法も。父の名に恥じないよう、私を立派な武将に鍛えてくだされ」

「そうだな。お前なら立派な武者……、いや領主になれるだろう」

元俱の面影が、元勝の笑顔に重なる。二人分の笑顔が、元祐の心の空虚に拡がり、埋めていくように思えた。

「殿、殿！」

元勝のように堀を越えることを諦め、大手道を大きく廻ってきた堅田が、ようやく追いついてきた。

「殿、拙者を置いて、一人で先に行かないでくださいませ」

大きく肩を上下させ、両手を膝に突いて一歩も動けそうにないほど、息が切れている。ようやく息を整えて、並ぶ親子の姿を認める。

「殿、拙者の歳のことも考えてくだされ。大殿からも、一言仰ってくださいませ」

「そうだな」

元祐は言って笑う。確かに我も歳を取った。時代は、そして出羽郷の行方も、変わっていくのかもしれない。

天正十九年（一五九一）、出羽元勝は出雲国頓原の由岐に転封となり、出羽氏は三七〇年という永きにわたり治めてきた出羽郷を去ることとなった。二ツ山城には天野元政――元就の七男――が入り、江の川以西の地域を治めることとなる。さらに慶長五年（一六〇〇）、毛利輝元は関ヶ原の合戦で西軍大将となったため、周防長門二国へと減封される。これに伴い、出羽氏も毛利に従い長門へと移転した。

慶長六年（一六〇一）七月二十九日。出羽元祐は長州萩の出羽屋敷において死去した。享年八十歳余。季節は奇しくも出羽元倶と同じ、暑い夏の一日であった。

毛利元就の息子たち

毛利元就の息子といえば、長男の隆元や、毛利両川体制と呼ばれ、吉川家、小早川家へ養子に行った元春、隆景が有名でしょう。三本の矢の逸話も、この三人の息子たちの話と伝えられています。

しかし元就の四番目以降の息子たちの話はあまり知られていません。実際、十人程の息子がいたことが記録に残っています。

「虫けらなるような子どもたち」とは、毛利元就が四番目以降の子供のことを指した言葉と伝えられています。彼らはあまり父から期待されなかったように思われます。(この言葉は『三子教訓状』に実際に書かれています。四番目以降は側室の子であり、家督争いを嫌った元就が、後事の憂いを取り除くために取った措置とも言われています)

それでは、彼らの事績を簡単に紹介してみましょう。

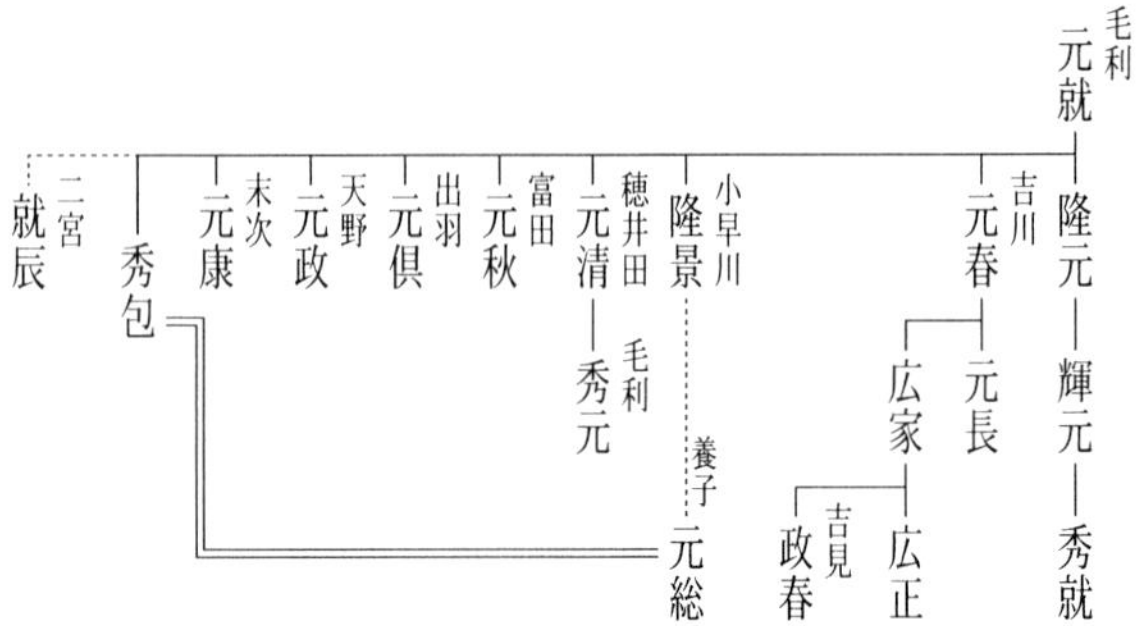

図5　毛利氏家系図

五男元秋は周防国の椙杜氏に養子として入り、後に月山富田城の城主となり、富田元秋と名乗ったと伝わっています。

六男の元倶は石見国の出羽氏の元へ養子として入っていますが早世したため、ほとんど実績はありません。

七男の元政は、安芸国天野氏の養子となり、天野元政を名乗っています。さらに大内氏庶流である右田氏の養子となり、後に右田毛利家を立てています。

八男の元康は、出雲国に割り当てられた地名を取り末次元康と名乗ったが、後に椙杜氏に養子に入り、家督を継いでいます。

九男の秀包は備後国の国人、大田氏の後継となり大田元綱を名乗っていた時期があります。

後に、実子のなかった小早川隆景の養子となり、小早川元総と名を変えています。
二宮就辰は、母が元就の側室であったが、妊娠した折運悪く元就の正室が病床にあったことから、二宮春久に払い下げた後に誕生したといわれています。正式に元就の息子であると認められたのは元就の死後、輝元の代になってからです。

こうして見ると、次男元春、三男隆景のみでなく、五男元秋から九男秀包まで、七人もの息子たちがどこかの家の養子に入っていたことになります。
元就は智謀権謀の人なりと言われ、息子を養子に出したのは他家を乗っ取るため、と思われがちです。しかし、実際には家の後継が途絶えたため権勢のある毛利家から子供を貰い受けるという形が多かったようにも思われます。

さて、残りの一人、穂井田元清についてです。彼の姓は備中猿掛城の郷名から、穂井田を名乗っています。姓を変えたのは、穂井田氏に養子に入ったためではなく、備中猿掛城に知行地を与えられたためです。後の織田信長との攻防の要となる東部戦線を任せられる直前の天正七年（一五七九）のこととなります。

丁度このころ、元清の次男として秀元が誕生しており、毛利の主である輝元には子がありませんでした。このあたり、家督争いによる家内分裂（もしくは分裂工作）を避けるために、姓を変えて己には当主を狙う意図がないこと、毛利家は一つであること、を実体として内外に示した、と考えるのも考えすぎではないと思われます。

（その後、秀元は六歳の時、子がいない輝元の養子となっています。後に輝元の実子である秀就が誕生すると、世嗣を辞退しています）

先に紹介した『三子教訓状』には「毛利の苗字を末代まで廃れぬように心がけよ」との言葉もありました。戦国時代には、家督争いや家臣団の分裂で滅びた大名家は、大内家や尼子家など数知れないほどあります。無用な争いを避けるため、元就の息子たちは、毛利を離れ、姓を変え、一団となって『毛利家』を守っていったのだと考えられます。

かたくわ者

下瀬頼定　三本松城合戦

「西側の防御、破られました！　敵が雪崩れ込んで迫っています！」

上ずった声が、下瀬頼定の耳に届いた。頼定は表情も変えず、続いての報告を促した。

「田中次郎兵衛殿、裏切りで御座います。内側から柵を開け、陣に火を放ち、敵を引き込んでいます！」

頼定は表情を変えぬまま、頷いた。

「うむ、ならばお主は手勢を引き連れ、田中次郎兵衛の陣を襲い、陣旗を奪ってこい」

「旗を、でございますか？」

「そうだ、田中兵を討ち取ることも、裏切り者の首を取る必要もない。可能な限り多くの旗を奪ってくるのだ。他の者には出撃の準備を急がせよ。この城は放棄する」

「……はっ、かしこまりました」

命令を受け、戸惑いながらも了承する。下瀬頼定は慌てて走り去る部下から視線を外し、周囲を見渡した。狭い曲輪内に下瀬の手勢が、吉見の兵が固まり、柵越えに迫りくる陶晴賢の軍勢を押し返している。

賀年城に籠る吉見兵は三百程。城を囲む陶方の兵は五千を超えているだろう。賀年城は小城とはいえ、急峻な地形を利用しており、容易に落ちるはずがなかった。落ちるはずがない、はずであった。

頼定は部下に見えぬように小さく舌打ちし、本陣へと歩を進めた。

「情勢はどうなっておる！　誰ぞ、良い策はないのか！」

甲高く、裏返った声が響いている。その声の主は、手にした軍配を無闇に振り、苛立つように八の字を描くように彷徨いている。

「範弘殿」

野太い声が陣内に響き渡った。

「ここが決断の刻で御座いまする」

驚いたように吉見範弘が顔をあげると、目の前に下瀬頼定の颯爽とした姿があった。強弓で勇を誇る屈強な上半身は、戦場にあって頼もしいほどである。

「戦場では果断こそが尊ばれまする。ただちに出陣の御用意を」

「しゅ……出陣とは、何処へだ？」

「ここ、賀年城を包囲したる陶晴賢が本陣で御座いまする。敵本陣を強襲、中央突破し全面撤退するのです」

短く言い切った。簡潔なその言葉の反面、頼定の提言は重かった。すなわち、田中次郎兵衛の裏切りにより、賀年城を守り切ることは不可能と断言しているのだ。

「しかし、大殿の命は、ここ賀年城の堅守であったはず。援軍が来るまで耐えよ、と。その命に逆らって全面撤退とは……」

発言の主は波多野滋信である。賀年城こそ彼の居城であり、城を棄てての撤退には相容れないのであろう。その心情を下瀬頼定は察しつつも、己の考えに迷いはなかった。

「田中次郎兵衛の裏切りにより本城の命運は定まり申した。内側より柵は破られ、敵の進攻を止める術はありませぬ。今、我らが決断すべきことは、次なる戦に備え、たとえ僅かでも将兵の生き残りを図ることと存じます」

頼定の言に、本陣の将からの異論も賛成も上がらない。構わずに頼定は言葉を続ける。

「我が手勢はこれより打って出、陶晴賢本陣の側面を襲い、かの陣を混乱に陥れます る。その時機を狙い範弘殿は敵陣を強襲、突破し、三本松城への撤退を完遂していただきたい」

天文二十年（一五五一）九月、大寧寺の変において陶晴賢は主君大内義隆を謀殺した。陶晴賢は懇意であった大友氏より大友晴英を山口へ招き、大内義長と改名させて大内家の後継とし、その実権を握った。

翌年二月、吉見正頼は義兄大内義隆を殺害した陶晴賢を主君への反逆人と宣言し、大内氏からの独立を宣言。陶晴賢打倒へと立ちあがった。

天文二十三年（一五五四）三月、陶晴賢は吉見氏討伐の軍を山口より発し、その前線基地である賀年城を五千の兵で包囲した。吉見正頼もその動きを察知し、賀年城主波多野滋信に対し、吉見範弘率いる兵三百を派遣した。ここにおいて賀年城の合戦は、吉見方の籠城兵四百人に対し、陶方の遠征軍五千人が包囲する形で始まった。

三月二日、陶軍は直ちに総攻めを敢行、翌三日には吉見方の田中次郎兵衛が陶方に内通し、賀年城は落城。賀年城主波多野滋信、及び援軍総大将の吉見範弘はともに戦死。下瀬頼定率いる僅か五十の兵が三本松城まで脱出できたのみであった。

吉見氏の誇りと生き残りを掛けた一大決戦の、その緒戦は吉見方の敗北から始まった。

「賀年での戦、苦労であったな」

労いの言葉を父から掛けられ、思わず目を逸らした。

「範弘殿のことは残念であったが、お主だけでも無事だったことは吉報ぞ」

「そう言っていただければありがたく思いますが、しかし……」

下瀬頼定は上目づかいで父、下瀬頼郷の表情を窺った。真っ直ぐ、誇らしげに向けられる視線に怯み、再び目線を逸らした。

「しかし、負けは負けです。賀年城城主、波多野滋信殿を守ることも、陶軍を足止めすることさえ叶いませんでした。それに、大将であった範弘殿さえ失うという」

「ええい、それ以上言うな」

頼郷は頼定の肩を力強く叩く。頼定は二十代前半と若いが、すでに父頼郷の背丈を頭一つ分超えている。しかし、膂力に優れ戦場では大太刀を振り回すという頼郷の力は年齢による衰えを感じさせない。

「お前の献身ぶり、大殿からお褒め頂いただろうが。それによって我ら家臣団の結束はいっそうのこと強まった」

頼郷は笑いながら続ける。

「それにお前の策は面白い。咄嗟のこととはいえ、よくぞ思いついたものよ。これからの大戦、お前の御蔭で有利に進められるかもしれぬ」

頼定は訳が分からない、といった態で顔をあげた。その様子を見て、父は再び大声をあげて笑ってみせた。


天文二十三年（一五五四）三月、陶晴賢率いる吉見討伐軍は一万三千の兵を山口より進発させた。主将は大内義長であり、陶晴賢はあくまでも大内家の家臣にすぎない。しかし政敵を悉く討ち滅ぼした陶晴賢に歯向かう者はおらず、陶晴賢は大内軍の実質的な大将であった。

この陶晴賢の動きに呼応したのが、石見国西部で威を張る益田氏であった。当主、益田藤兼直々に兵二千を率い、陶軍との合流を図った。益田藤兼の目的は、長期に渡り西石見の覇権を争ってきた吉見氏を、この機会に乗じて覆滅することである。

吉見正頼は大内家から独立したことで後ろ盾を失い、前後から陶、益田両軍に襲われることとなった。吉見家の命運は、風前の灯火の如きであった。

三月十九日、陶軍の先鋒、江良房栄が津和野へと侵入し、三本松城下で陣を張った。陶軍の軍略は、兵を四つに分け吉見氏配下の城を順に虱潰しに落としていき、その後、全兵力を用いて居城である三本松城を包囲圧迫する、というものである。陶軍は賀年城を初め、鹿ヶ獄城、鰐坊山城、平山星城、舜城、櫛崎城と吉見方の城を瞬く間に落としていった。

これに対する吉見軍の動きは鈍い。各城で兵を集めたものの、陶の進軍に対する牽制も行わず、各城で籠城するのみであった。実のところ、本拠である三本松城でさえ集まった兵は三千二百程である。それも、城下の村民二千を城内に引き入れての数である。何らかの策を講じようとも圧倒的に手駒が不足し、籠城以外の策を選びようがなかった。

下瀬頼定は三本松城本丸より、歯噛みしつつ陶軍の動きを眺めていた。江良房栄は陶軍の先鋒とはいえ、その兵数は千五百に満たない。他の支城を落とす間、吉見本軍の動きを牽制することがその目的である。その兵が長期戦を見込んで築陣を始めている。先の軍議で頼定は江良の陣への夜襲を提案したが、退けられたのだった。

箙から矢を手に取り、黒弓に番える。五人張りの強弓をギリギリと引き絞り、遠く、敵陣へと狙いを定める。

「無駄な事はせぬことだ」

背から聞き覚えのある声が掛り、さらに強く引き絞った。

「戦機の読み方は教えただろう。今は耐え忍ぶ刻ぞ」

ふっ、と息を吐いて弦を引く手を緩める。矢筈を外して、矢を元通り箙に納める。

「逸る気持ちは判るがな。お前はまだまだ若い。今は少しでも兵と気力とを温存する刻ぞ」

憮然として振り向くと、予想どおり父、頼郷の姿がある。

「わしはこれより下瀬山城へと戻らねばならぬ」

陶軍の動きに合わせて軍議を開いたものの、特に何も決まらず散会となった。頼郷は下瀬氏の居城、下瀬山城より駆けつけたにも関わらず、直ぐにとんぼ返りすることとなった。下瀬山城には益田藤兼の兵が迫っており、明日にも戦になろうかという情勢である。

しかし、三本松城の守備が下瀬頼定に与えられた役割である。できることなら父とともに、故地であり、また益田氏との最前線である下瀬山の城を守り戦いたい思いが強い。

「そこでお前に渡しておくものがある」

そう言って頼郷は懐から封書を取り出す。その真剣な様子と封書という改まった形式に驚き、頼定は眼を剥いた。

「勘違いするな、遺書ではないぞ。ここ三本松城にやがて陶の大軍が攻め込んで来るだろう。それを一度撃退した後、この封書を開け」

「撃退した後？　今ではいけませぬか」

「今、ではならぬ」

頼郷は頼定を引き寄せて耳元で囁く。

「それには我が策が記されておる。お前はこれを読み、大殿に献策さし上げるのだ」

「それは？　どのような策で」

「だから、今は伝えることができぬ。今、この時点では誰も理解できぬ。それ故、お前にこれを託すのだ」

受け取った封書に眼を落とす。陽に翳すように透かしてみたが、当然の如く、何も見えない。

「では、後のことは任せたぞ」

言い残して頼郷は背を向けた。逞しい父の背には、戦に向かう高揚と、未来への確信が漲っているように思えた。


三月二十三日、下瀬山城で戦端が開かれた。

その報を、頼定は複雑な気分で聞いていた。下瀬山城を攻めるのは益田氏当主である益田藤兼自身である。鎌倉時代、吉見氏が津和野に入部して以来、吉見氏と益田氏は領地をめぐる争いを続けてきた。その際、吉見方の最前線に位置するのが日原下瀬山城であった。下瀬氏は常に吉見方として戦に臨み、これまでの全ての戦で益田氏の攻撃を撥ね退けてきた。

だが、この度の戦で益田軍は二千の兵を集めたと聞く。下瀬山城に籠る兵は二百程度であろう。兵の多寡が必ずしも勝敗を決するとまでは言えないが、不利な条件には違いない。

無意識のうちに懐に仕舞ってある封書に手が伸びる。封は解かれていない。父はああ言ったが、ここ三本松城に敵が押し寄せてきた時には、既に下瀬山城は落城しているのではないか。そう思うと居ても立ってもいられず、一人飛び出しそうになる。が、しかし別れ際の父の姿を思い出すと、不思議と逸る気も収まるのだ。

頼定の思いをよそに、下瀬山城は益田軍の猛攻を防ぎ切り、落城の気配を見せなかった。

三本松城に対する陶軍の包囲網が完成したのは四月中旬に入ってからだった。陶、益田連合軍の兵九千が、吉見軍三千二百が籠る三本松城を取り囲むように着陣した。

これまでの戦闘で、陶軍は吉見方の各支城を次々と落としていったが、下瀬頼郷が指揮する下瀬山城、長野竜頼が籠る長野御嶽城など数城が未だ健在であった。陶晴賢は業を煮やし、残った城へは最低限の抑えの兵を配し、残り全軍を三本松城へと集中させた。集まった兵は九千。山口を出立した兵は一万三千であり、吉見方各城の奮闘により、三本松城を攻め立てる陶本軍の兵を減らすこととなった。

津和野三本松城（のちの津和野城）は、鎌倉時代末、元寇に対する備えのため、吉見氏が津和野へ入部し築城された。南北二キロに亘る城山山脈の尾根筋に連なるように築かれた広大な城である。

その広大な城を取り囲むように陶軍が布陣している。南方、津和野川を挟んで、後世に陶ヶ岳と呼ばれることとなる丘の上に陶晴賢本陣がある。津和野川は東方に回り込むように流れ、ここへは久芳、内藤らの兵が配置されている。ただ、南方と東方は津和野川が天然の堀に、城山山脈の急斜面が壁となって立ちはだかり、攻撃の起点とはならない。これに対し、北方は三本松城の搦め手にあたる。先に着陣した江良房栄は、この付近に強固な陣を築いている。三本松城のある城山山脈北側は蕪坂峠を境に、中国山脈の山塊とひと繋がりになっている。蕪坂峠より先は深い山林となり草木が鬱蒼と茂っている。移動部隊の捕捉は難しく、三本松城の補給路として最も有用である。

また、蕪坂峠より尾根伝いに下瀬山城へ行き来することも可能であった。それゆえ、陶晴賢は知勇兼備の名将と謳われた江良房栄を搦め手に配置し、城への出入りを制限しようと目論んでいる。

そして残った西方が三本松城の大手である。その正面に配されたのは乃美賢勝と勝間田盛治、そして益田藤兼である。藤兼は西石見の実権を握るためにも、三本松城攻略で大きな武勲を示さねばならなかった。しかも、未だ落城の気配を見せない下瀬山城、長野御嶽城は吉見氏と益田氏との国境にあたる城である。すなわち益田氏が落とすべき城が残り、敵主城を落とすための兵が減っているのだ。藤兼は陶本陣に呼ばれる度、胃が痛む。

益田藤兼は見上げるほどの堅城ぶりを示す三本松城を目の当たりにし、予想されるこれからの戦の困難さを思い当惑した。でき得ることなら謀略で開城させることが望ましかった。賀年城の田中次郎兵衛のように城内の兵が内応すれば、容易に方が付く。

しかし今度の戦、城に籠る吉見の家臣に対して、謀略の手応えが妙に少ない。城内の将兵に内応を働きかけてもほとんど反応がないのだ。

「吉見正頼がそれほど優れた主だとは聞いていないのだがな」

益田藤兼は二十五歳と若いが、十五歳で家督を継いだため、益田氏当主としての履歴は長い。吉見正頼との政戦合わせての駆け引きもまた、同様に長い。それでも今回の様子は腑に落ちなかった。

「しかし、陶の力を借りられる今こそが石見統一の好機には違いない。困難もここが山だと思えばこそ、引き下がる選択肢はないいな」

藤兼の背後には戦支度を整えた兵たちが主君の合図を今か今かと待ち構えている。空を見上げる。朝日を受けた雲の流れが速い。しかし、雨が降ることはないだろう。不意に法螺貝の音が聞こえた。山々の谷間に、早朝の川霧に、風ではためく陣旗に、開戦の合図が響き渡った。

「今日こそが、宿敵吉見正頼の首が繋がる最後の日としてみせようか。あ奴を生きたまま捕えた者には眼も眩むばかりの褒美を出してみせよう。まあ、間違って殺してしまっても構わぬがな」

将兵から笑い声があがった。彼らの緊張をほぐすのも、主君の役割の一つだ。

「では、そろそろ行くぞ。益田荘に残した家族に、胸を張って凱旋する姿を思い浮かべろ。我らは勝利とともに郷へ戻るのだ！」

振り上げた軍配を一気に降ろす。

「かかれ！」

おおっ、と鬨の声が上がり、一斉に大手門に向かって駆け出した。同時に、三本松城を包囲する陶の兵も、どっと動き始めた。

後世に『三本松城の合戦』と呼ばれることとなる戦いの、その決戦の幕が切って落とされたのだった。

この当時の攻城戦には一種の定石が存在する。先ずは調略である。手紙や使者を送り、誠意ある言葉で、もしくは舌先三寸の詭弁だけで城が手に入れば儲けものである。それには当然、当家の勢威が強く、交渉に長けた人物を派遣しなければならい。理を説き、利を仄めかし、時には恫喝する。それでも動かぬ場合は、兵を動かして攻め込むこととなる。

攻め手側は勝利の確信を持って兵を動かすのであるから、城兵を上回る兵数を集めるのは当然である。無論、兵を集めるには金や糧食などの準備が必要であり、無闇に数を集める訳にはいかない。しかし敵城を包囲する兵は、多ければ多いほど籠城兵への心理的圧迫は強まる。

実際に兵を敵国へ動かし、多数で城を包囲すると、そこで再度の調略である。実際に刃を交えれば自軍の兵にも損害が出る。極力、味方を減らさずに利を得るには、細やかに調略を続ける必要がある。

ここまでに調略の効果がないとなれば兵を使っての攻城戦へと移ることとなる。

攻城戦の第一段階、先ずは総攻めである。可能な限り全軍をもって、敵城を全周囲から一斉に攻め立てる。城の綻びを見つけ、敵兵の不備を明らかにし、敵兵個々人に精神的、物理的に大きな負荷を掛けて消耗させ、一気呵成に落とすのだ。上手くいけば、一日で城が落ちる。多少の損害があったとしても、攻城戦は短ければ短いほど良い。長期間敵地に居座り、本拠を留守にするのも不安だからだ。多額の経費は掛かるし、普段は表に出てこない不安要素も噴出する。

攻城戦初日の総攻め。それに籠城側が耐え抜き、短期の力攻めに活路が見出せなければ、そこからは長期戦を視野に入れた謀略戦へと移行する。内応、騙し打ち。そして再度の総攻め。どのような手段を用いてでも、城を攻め、城を守る。時には静かに、時には激しく、双方の生死をかけた戦いが続くこととなる。

四月十七日、三本松城への最初の総攻めが開始された。最も激戦となったのは大手口である。本丸へと直接繋がる最短経路があるだけに守りは厳重であるが、そこに攻め手の兵は集中する。

山麓に備えつけられた大手門の先には、稜線を伝って主郭へと続く道が続いている。易々と大手門を突破した益田兵は群がるように築かれた通路を駆け登る。その先には乾郭と呼ばれる曲輪が待ち構えていた。曲輪の先端は土塁となっており、一段高い。そこに設えた櫓の上に立ちはだかっていたのは、下瀬頼定率いる五名程の下瀬兵であった。頼定は押し寄せる益田兵を仁王立ちで睨み、大音声で笑って見せた。

「下瀬に恐れ慄き、御嶽より逃げ惑い、このようなところまで迷い込んできたか益田の臆病者どもよ。だが、不運なるはここにも下瀬の旗が掲げられていることよ」

頼定が手にするのは五人張りの藤弓。大の大人でも五人がかりでなければ弦が張れないという、特別製の黒塗りの強弓である。

「さあさ、今こそが我が弓の腕前の見せどころ。お主ら、立派に的の役を果たせよ」

徐に矢を番え、立て続けに十矢を放つ。放った矢と同じだけの敵兵が倒れた。

「お見事！」

下瀬の兵はやんやと囃し立て、旗を振り、太鼓を叩き、鳴り物を鳴らす。まるで祭りの櫓台のような騒ぎだ。

「今のはただの余興ぞ。我が術の真髄、これより見せてくれよう。代価はお主らの命で払ってもらおうぞ」

速射の技を見せた頼定は、続く矢をゆっくりと番えて、一気に引き放った。矢は益田の先陣の頭上を遥かに超え、後方から旗を振り督戦する将を射抜いた。

おおっ、というどよめきが、益田、吉見両軍から湧き上がった。山城の麓からは驚愕の声が、山上からは歓声である。

「さぁさ、次の的は何処にしようか。我が矢が立つのはお前の喉元か、それともお主の眉間か」

頼定は部下の一人から次々に矢を受け取り、藤弓に番え、放つ。部下は敵兵との距離を見定めながら渡す矢の種類を変える。矢は貴重な武器だ。矢の本体は篠竹であり城内でも手に入るが、鏃は鉄、矢羽は鳥の羽を用いた貴重品である。さらに言えば手作りである。その品質が飛距離を、命中率を左右する。すなわち、遠射であれば重い鏃に矢羽の調った矢を、近射であれば粗製のものを。盾や重装で身を固める将へは鉄矢を用いて厚い鎧ごと撃ち抜く。

頼定の弓術は神技ともいえた。これまでに溜まった鬱憤を晴らすかのように、疲れも見せずに矢を放ち続ける。

一番乗りを目指して勇敢に先陣を駆ける益田兵を射倒す。遠距離から矢を放とうと弓を構えた途端に喉元を射抜く。小隊の指揮官として声を張る隊長を狙い打つ。頭上に盾を構えゆっくりと前進しても、足先が盾よりはみ出た瞬間に地面に縫い付けられる。

櫓の至近まで敵が迫れば、他の下瀬兵も弓を取り、石を落として敵を阻む。さらには槍兵が槍衾を組んで前進を阻む。それを迂回し側面から攻め立てようとしても、乾郭の山腹には竪堀が掘られており、進軍を阻む。

益田兵も頼定を射返そうとするが、守備側に高さという地の利があり、さらに頼定の強弓が加わるとその射程距離は甚大で、対抗のしようがなかった。益田兵の士気は落石の如く急落し、櫓上の下瀬兵の騒ぎぶりは陽気なほど。戦線は著しく停滞した。

「下瀬だと。あのような若造如きに何時まで煩っておるのだ。早急に突破せよ！」

戦線の停滞と、下瀬頼定の姿を遠目に認め、益田藤兼は苛立ち、軍配を投げつけた。二人は同年代であるが、その立場は益田氏の主君と、吉見の家臣の子、と大きな開きがある。その路傍の小石が如き小者が目の前に立ちはだかり、益田軍の進攻を阻んでいるのだ。

「ええい、数はこちらが勝っておるのだ。押して押して押しまくれ。一気に、城を落として見せるのだ！」

藤兼は太刀を抜き放ち、振り上げて声を上げる。動かない兵たちに向け、追い立てるように太刀を振り上げる。

「進め！　進まぬか！」

その狂相に本陣に詰めた将らも近寄らず、あえて遠巻きにする。その瞬間、櫓の一角で陽光が反射した。

「危ない！」

その叫び声と、ザッ、と矢が地面に突き立つのと、何者かが益田藤兼を押し倒すのが同時だった。放心したように倒れたままの藤兼に、覆いかぶさっていたのは領家恒定である。敵方の様子を目配せしつつ、立ち上がると藤兼に手を伸ばす。

「殿、ここは危のうございます。今少し、下られますよう」

「あ、ああ……」

恒定は益田藤兼を部下に任せ、陣幕内に隠れたことを確認してから、乾郭を睨みつけた。領家恒定は虫追大嶽城城主である。益田と吉見の争いにおいて、下瀬が吉見の最前線であれば、同様に領家は益田の最前線である虫追大嶽城を守る一族である。

地面に刺さった矢を拾い、もう一度乾郭を見遣る。矢は鏃を極端に重くしてあり、距離を稼ぐ造りになっている。さすがに本陣までの距離がありすぎて、恒定の手甲にあたった時には威力が減じていた。

「下瀬頼定、か」

大手に続く道を見遣る。益田軍の前進は、下瀬頼定一人のために完全に止まっていた。同じく大手を受け持った陶配下の乃美賢勝と勝間田盛治の軍も、狭い通路に難儀し、数の優位を活かされていない。

「このままでは無理だな」

視線を転じる。三本松城は広い。大手、搦め手のような限定された攻め口以外は、急峻な山肌が続く。大隊が斜面を攻め登ろうと図るが、削り込まれた斜面に足が滑り、思うように登れない。登坂に手間取っている間に山上からの投石があり、これも容易に撃退された。

「数の利を利用しない手はない。そして、吉見も広い城域の全てを見通すことなどできまい」

領家恒定はもう一度乾郭を睨みつける。今も矢が放たれ、櫓上はお祭り騒ぎに沸いている。

「いつまでも思いどおりになると思うなよ、下瀬め」

下瀬頼定らは戦況を見定めつつ、交替で休息をとりながら、日没まで戦い続けた。この日、大手の他の箇所でも似たような戦闘が続いた。そもそも、比高二百メートルという山城は、その斜面を人が登ることを拒んでいる。さらに吉見側の妨害が加わるため、大手や搦め手などの一部の経路を除き、陶方の攻城は早々に諦めざるを得なかった。

三本松城、そしてそこに籠る吉見軍は、陶軍の総攻めを耐えきった。『三本松城の合戦』の、その一日目はこうして終わったのだ。

翌四月十八日、三本松城の北西、喜汁原で益田軍旗下の大塚兼正が吉見軍と小競り合いとなった。予期せぬ遭遇戦であったことから深追いはせず、互いに大きな被害はないまま双方は引き揚げた。だが、この時の吉見軍を率いていた将が誰であったか、後に益田藤兼が知り激怒することとなる。その将とは吉見氏の当主、吉見正頼であったのだ。

少し時間は遡る。

四月十七日の総攻めを、下瀬頼定は耐えきった。冷たい夜気に身を晒し、ふと思い出したのは、父、頼郷に託された封書だった。激戦の中、常に懐に仕舞っており、ややや草臥れた感があるが、現としてそこにあった。

父との約どおり、未だ封は開かれておらず、今、手にとって小刀を当て、封を切った。

見慣れた父の筆跡を目にした。心地良い疲労感とともに気楽に書を開いたが、読み進むごとに身体は熱を帯び、心は囃し立てられるように浮き立った。考える間もなく立ち上がり、訝る部下を尻目に本丸へと、当主である吉見正頼の元へと駆けた。

本丸に着くと直ぐさま人払いを願い出る。吉見正頼は渋る重臣たちを追い払い、頼定を近くに呼んだ。これまでの、そして本日の下瀬頼定の戦ぶりを、誰もが認めている証左であった。

頼定は父に封書を渡された経緯を話し、それを献上した。正頼は怪しむこともなく、直ちにその書を開いた。

父、下瀬頼郷の書には次のような事が書かれていた。


一つ、三本松城は城域が広く、その一角が破られれば城域全体の陥落が免れないため、長期の籠城に向かないこと。

一つ、三本松城への総攻めの後には、城兵へ内応を勧める謀略が始まるが、これを完全に防ぐ手立てはないこと。すなわち、内応者があれば本城は瞬く間に落城するであろうこと。

対して、下瀬山城はこれまでも益田氏の猛攻を防ぎきった実績もあり、以後の戦においても落城の恐れがないこと。

以上の事より、吉見氏の本陣を下瀬山城へと移すことが上策であり、直ちに実行するべきである。ただし当面の間、陶方は言うに及ばず、味方の将兵にも極秘で行うこと。

吉見正頼は息を飲み、顔を上げ、頼定の顔を見詰めた。頼定は先を促すよう頷いた。

頼郷の書は続く。


「寝返りを決めた将兵は、何らかの手柄をもって敵陣へと奔るもの。主君が不在の三本松城は、たとえ落城したとしても裏切りの功は薄く、益はなく、恨みばかりを積み上げます」

「また、本陣を下瀬山城へと移すことは、主君が戦の最前線に立つことであり、逃げたという誹りを受けることはありませぬ。それどころか、最前線で大殿が兵とともに矢を番え、刀槍を握ることで、我が軍の士気が上がること、間違いありませぬ」

「我が子、頼定の戦ぶりはここでも活きております。三本松城の守りは頼定らに任せて頂きたい。この策を実行することにより、吉見から離脱する将兵は皆無となり、一族の結束の程、国中に知らしめることになりましょう」

頼定は、そして吉見正頼は下瀬頼郷の献策を、まさに的を得たものだと感じいった。しかも、これを一月以上前に考え、封書にて認めたという。

最後の一文、自身に関わる内容が頼定には理解できなかったものの、正頼は悉く頷き、直ぐに決断し行動を開始した。頼定と極僅かな重臣に話を通すと、翌早朝、蕪坂峠を越え、下瀬山城へと向かったのだ。三本松城の特徴は、独立峰ではなく広く中国山脈に連なる連峰に築かれていることだ。蕪坂峠を越えると直ぐに中国山脈の鬱蒼とした山林に続いている。その先、尾根沿いに進めば下瀬山城へと続いている。益田方の大塚兼正が遭遇したのは、この吉見正頼の部隊だったのだ。


陶と吉見との戦、三本松城の合戦は膠着状態に陥っていた。この現状に最も焦っていたのは益田藤兼である。攻城戦の表舞台ともいえる大手攻めを任されながら、大手門に続く乾郭を突破することができない。調略により敵将を寝返らそうとするが、その手応えもない。その調略の手は下瀬山城へも伸びているが、こちらも同様であった。

長野御嶽城が陥落したとの偽情報を流し抗戦を諦めさせる。陶家重臣より本領安堵に加増を確約し内応を促す。三本松城は既に陥落し吉見正頼は降伏したと伝え降伏を促す。吉見家家臣が益田と密約を交わしているという偽文書を落とし、内部分裂を図る。そのいずれもが失敗に終わっている。

益田藤兼には理解できなかった。それ程に吉見家の結束は固いのだろうか。未だに長野御嶽城も下瀬山城も陥落していない。三本松城への総攻めは四回にもわたり、そのいずれもが失敗している。こんなはずではなかった。その思いが強い。そこに驚愕の報告が舞い込むこととなる。

五月十一日、毛利元就が反陶晴賢として立つ。大内方の佐東銀山城、己斐城、草津城、桜尾城を次々と落とし、公然と反旗を翻したのだ。その報に歓喜したのは吉見正頼だった。戦前、鳥居小八郎と下瀬頼金を毛利元就の元に派遣し、陶との戦への助力を願っていた。その際には言を左右に明言を得られなかったが、事、現状に至り行動で指し示したのだ。

陶晴賢は宮川房長に命じ、山口より三千の兵を預け毛利軍への対処とした。六月五日、折敷畑において両軍は激突したが、この戦は毛利軍の圧勝に終わった。
情勢は陶軍にとって、そして益田軍にとって、急速に翳りを見せてきた。しかし、三本松城に籠る吉見方にとっても別種の問題が立ち上がっていた。すなわち、兵糧の欠乏である。四月という春先に村民を城内に引き入れ、そのまま籠城を続けている。津和野領内の田畑は耕されることなく荒れている。三本松城の高台からは、雑草が伸び放題の田畑が見える。今年播くはずだった種籾は城内での兵糧に廻され、たとえ生き残ったとしても来年の作付けも覚束ない。城内に籠った二千の村民は無力感に苛まれながら刀槍を握り、石を投げ、土塁を積んでいるのだった。

七月、鳥居小八郎は城内を見回りながら頭を悩ませていた。見たところ、三本松城城内の惨状は限界に近い。夏の強烈な陽射しは、遮るもののない城内に容赦なく降り注ぐ。辛うじて水は確保できているものの、糧食は十分でない。秣《まぐさ》が確保できず、やせ細った馬を屠殺し食料に回している。薪が足りず、馬肉を生で食すほど困窮しているのだ。城内には草一本残っておらず、熱く乾いた風が、砂埃を舞い上げている。

陶軍は総攻めこそ成功していないが、その包囲網の構築は万全である。五月以降、搦め手の江良の陣の警戒は徹底しており、伝令目的の小部隊の出入りはともかく、糧食などの物資の輸送は完全に途絶えている。

そのような時「毛利挙兵」との報は城内にも届き、勝利への期待は一気に高まった。しかし、毛利軍の動静を分析すると、直接三本松城救援に動く可能性はほぼない。毛利は大内の領域を侵食し、自らの勢力圏の拡大を図っているようだ。したがって三本松城の合戦は、陶と吉見、両軍の我慢比べといった様相を見せてきた。この情勢下であれば、これまで城に立て籠るのみであった吉見にも新たな可能性が浮上する。すなわち陶との和睦、休戦交渉である。

鳥居小八郎は吉見正頼の小姓として長らく仕えていた。それゆえ、山口にも幾度か出かけており、陶晴賢の配下への伝手を持っている。これを用いることで陶本陣との交渉が可能であった。ただ、この交渉は吉見の将来を決するほど重要なものであり、主君の判断が必要であった。しかし、ここで大きな問題につきあたる。その肝心の主君が今の三本松城には不在なのだ。

暑さを拭おうと懐から手拭いを取り出し、こめかみに当てる。手触りが悪い。流れる汗さえ乾く熱気に、肌に潮が吹くほど。溜息をついて足を止め、小八郎は行き先を変じた。近くに万代池と呼ぶ井戸があったことを思い出した。そこで手拭いを冷やし、一息付こうと思い至ったのだ。

万代池には先客があった。手拭いを数枚重ねて振り回し、勢いよく背にぶつけている。冷たい飛沫が周囲に散り、群がっていた人々が歓声をあげる。その堅く盛り上がった肩から背中の厚みに見覚えがあった。今、最も会いたくない人物であった。その男は屈託のない顔でこちらに気付き振り返った。下瀬頼定だ。

「鳥居小八郎殿では御座いませぬか。どうぞこちらへ。貴殿も水浴びに？　それとも冷たく冷やした瓜が御所望か」

「なに？　瓜があるのか」

小八郎は思わず声をあげた。子供の頃、主君正頼とともによく屋敷を抜け出していた。夏の暑さに、汗をかきながら山野を駆け廻り、疲れると小川で冷やした瓜に齧り付いたものだ。その瑞々しさを思い出す。歩速も心持ち早くなる。

「ほら、これでございますよ」

軽く言って手にしていた丸いものを、頼定は無造作に放る。あっ、と小八郎は声を上げ、慌てて両手を差し出した。掌にすっぽりと包みこんだそれは確かに冷たいが、記憶と違い妙に重い。それもそのはず、それはただの丸い石だ。

「何だこれは、わしを馬鹿にしているのか！」

そう怒鳴る小八郎を、頼定は笑う。

「石瓜で御座いますよ。井戸で良く冷やしておきました。今日もこの暑さで御座います。この冷えた石瓜を懐に入れ、涼を求めるのも良し、口に含んでも一興ですぞ。まあ、食べるのはお勧めできませぬが」

万代池に群がっていた男たちも声を立てて笑う。長期に渡る籠城戦の最中、不安ばかりの兵たちの気分を和ませることも将の役割ではあろう。しかしそのような理屈は吹き飛び、手にした石を投げ返すと、鳥居小八郎は頼定を指差し、声を荒げた。

「お主！　お主のせいで、いやお主ら親子のために我らがどれだけ苦労をしていると思っておるのだ！」

指差され、親子ともども詰められれば、何を言いたいかは想像がつく。主君吉見正頼の本陣は現在も下瀬山城にある。家臣の中には、下瀬親子は主君を内懐に入れ家中で我がもの顔に振舞っている、と罵っている者までいる。鳥居小八郎が、陶との交渉の好機に主君不在のために手が打てないのは、下瀬親子に原因がある、と各所で吹聴していることは頼定も知っていた。

下瀬頼郷の本陣移転の策は、敵味方に報せることなく実行されたのだが、さすがに城内には三日も経たずに知れ渡った。鳥居小八郎は小姓として正頼に仕え、現在は重臣の一人として長年の付き合いがあったはずだが、その策を事前に聞かされなかった。主君からの書置きが一通、残されていただけだった。

「お主らのために、陶との交渉さえできぬ。我らがこれほどまでに飢え、苦しんでいるのは、お主ら親子の責任ぞ」

小八郎のそのような詰問を、頼定も幾度も聞いている。それゆえ平然と言葉を返す。

「では聞きまするが、我らが殿は家臣の惨状を見て見ぬふりをするほど、心ないお方か」

「なにぃ」

「殿は今、下瀬山城で、我らと同様、敵兵に囲まれ日々戦っておられる。下瀬山城の城域は狭く、それこそ、一兵卒や避難した村人と同じ生活を送っておられることでしょう。それに、下瀬山城と本城との連絡は途絶えておりませぬ。三本松の戦ぶりも、日毎の様子も伝え聞いておられるはずでございます」

「……」

「もう一度聞きまする。我が殿は家臣の惨状を見て見ぬふりをするほど、心ないお方でしょうか」

鳥居小八郎には返す言葉がなかった。

「殿より、何らの指示がない以上、三本松城の死守。それが殿の命ではありませぬか。我らの浅慮など、殿はとうに御存じのはず。その上で、今の判断を下しておられる。そうではありますまいか。我ら家臣、一団となって殿の命に従い、どこまでも戦い続ける所存」

小八郎は視線を逸らし、項垂れた。

「そんなことは分かっとる」

小さく呟いた。肩が小刻みに震える。分かってはいる。が、陶軍の包囲が続けられる中、自分ができることはないか、自らの行動によって、この状況を好転させることができないだろうか。常に考え続けている。何もせず、何もできず、ただ待つだけでは不安ばかりが湧き上がる。

その湧き上がる不安を消し去るため、どこかに怒りをぶつけたいのだ、と自分でも理解している。それでもなお……。

頭を上げると、頼定と眼が合った。迷いのない真っ直ぐな眼だ。まるで子供のように純粋な。その眼が恨めしく、もやもやとした思いが心中をかき乱す。それを吐き出すように声を上げた。

「この、かたくわ者め！」

鳥居小八郎は言い捨て、背を向けた。

それより五日の後、吉見正頼より陶晴賢との停戦交渉を始めるように、との連絡が届けられた。鳥居小八郎は歓喜しつつ、密かに陶晴賢との交渉を開始した。

七月二十九日、益田藤兼は陶晴賢本陣に赴き、最後通告を受け取った。すなわち、八月二日早朝より総攻めを敢行し、以後は吉見との停戦交渉に入る、との方針を伝えられたのだ。

藤兼がこの戦に参加したのは、石見の覇権をめぐり争ってきた吉見氏を滅ぼし、その領土を手に入れるためだった。毛利氏が反旗を翻した今、籠城したままの吉見との停戦交渉とは、すなわち吉見の本領安堵であり、益田はこの戦で何ら利を得られないことを意味する。それだけは避けたかった。何としてでも、最後の総攻めで三本松城を落とさねばならない。

四月から七月中旬まで、百日を超える包囲戦の中、陶軍は計十一回もの総攻めを敢行したが、その全てが三本松城の防備によって弾き返された。大手攻めを担った益田軍は大きな痛手を負いながらも懸命に攻め立てたが、下瀬頼定の防備を抜けず、成果を上げることができなかった。

さらに、藤兼は吉見方の家臣に対し、調略を続けていた。下瀬山城の将兵に対し叛意を、三本松城には内応を、城内に逃げ込んだ村人には田畑の惨状を伝え、農作業と日常への郷愁とを促す。様々な方面から効果的な降誘を仕掛けているつもりだった。しかし、吉見の本陣が、すなわち吉見正頼自身が下瀬山城へ移っているとは、六月半ばまで気付けなかった。益田藤兼が行ってきた調略は、半ば見当外れのものになっていたのだ。その事実を知り、しかも本陣移動の策が下瀬頼郷の発案だと知り、憤怒した。

「下瀬め、このままあ奴を生かしておく訳にいかぬ。せめて、その息子だけでも八つ裂きにしてくれるわ」

そう心に決め、怒りを三本松城攻めへと転化する。

「殿、御呼びで御座いましょうか」

その声に、下瀬への怒りを一旦抑え、振り返った。

「おお、恒定か。そう、そうだ。お主を呼んだのは他でもない。例の計略について話がある」

呼ばれ来陣したのは領家恒定だった。片膝を突き、藤兼の命令を受ける態勢で待ち構えている。

「陶殿より伝達があった。八月二日を最後の総攻めにすると」

「では……」

「そうだ、お主が準備せし坪尾砦攻め、その唯一の機会に至ったのだ」

恒定は暫く無言のまま状況を整理する。

「しかし、準備は不十分とは思いますが、これが最後の機会ですか」

「そうだ。これが最後の機会だ。必ずやこの策を成功させなければならぬ」

はっ、と短く応え、頭を下げた。

戦へ万全の準備で望めることは稀だ。その中で最善を尽くすのが将の役目である。

恒定は自分に言い聞かせるように奮い立たせた。

「では、早速、準備に取り掛かりまする」


八月二日。満天の夜空。川面からは流れ来る涼風を感じる。見上げた空には雲一つなく、これからの暑い一日を想像させる。東の空が薄らと明るくなると、瞬く間に空は蒼く変じて行く。

見上げる陶軍と、見下ろす吉見軍。その互いが、この総攻めがこれまでで最も激しいものになると感じていた。

下瀬頼定は前夜より乾郭に詰め、益田藤兼は破壊され廃棄されたままの大手門を見遣る。

陶本陣から法螺貝の音が響く。両軍にとって馴染みとなったその音が合図となり、激闘が始まるのだ。

「かかれ！　今日こそ下瀬の首を取るのだ！」

益田藤兼は軍配を手に命を下す。

「既に城内の矢は尽きつつある。反撃を気にするな。押して押して押しまくるのだ！」

藤兼の声が下瀬頼定の耳に届き、思わず苦笑する。確かに手元にある矢は残り少ない。それでも、今日一日、守り切るだけの量はあるはずだ。たとえ矢がなくなろうとも、この郭だけは死守する決心である。

「さあ、来るなら来い。ここから先は一兵たりとも通すつもりはないぞ！」

総攻めはこれまでと同じように始まり、より激しく推移した。陶軍は春以降、吉見方の吉賀城、墨城、下風呂谷城を落とし、三本松城を包囲する兵は万を超えるほどに増えている。対する吉見兵は増える死傷者を補充できず、戦える者は二千を超える程度である。

大手の益田藤兼、搦め手の江良房栄が激しく攻め立て、さらに東側から久芳、内藤らの軍が斜面を登り、陶晴賢自身が本陣を出て大手攻めの予備兵として攻城の構えを取っている。これに対し、吉見軍も防戦一方とはいえ、怯むことなく立ち向かう。

陽が中天に高く昇ったころ、陶軍は陣奥に圧し込むように深く攻め入り、優勢に傾きだしていた。

その時、大手に攻め入る益田の一隊が別の動きを見せ始めた。大手から続く経路を外れ、その北側、坪尾砦と呼ばれる城域へと向かったのだ。その手には刀槍ではなく、梯子や土嚢を持っている。

「何だあれは」

頼定は乾郭櫓の上でその動きに気付いた。

益田の一隊は領家恒定が率いる工兵である。坪尾砦に取り付くと斜面に梯子を掛け、土嚢で押さえる。固定された梯子を足場に、さらに梯子を抱えるほど持って駆け上がる。梯子を次々に斜面に縦横に配置していき、幅広な登坂路を造り上げる。

「あの作業を止めさせろ！」

坪尾砦の兵が益田の工兵に対して石を落とし始めた。工兵たちは梯子を足場に惑うことなく、左右に避けてみせる。兵を外れた落石は梯子に当たる。土の斜面に立てかけただけの梯子は、落石を受けて滑り落ちるはずだった。しかし、梯子は落石を受け鈍い音を発するだけで、その場にそのまま残り続けた。

「何だ？　あの梯子は」

吉見兵は続けて石を落とすが、やはり梯子は落ちない。慌てる吉見兵を見上げ、大手攻めから分かれた軍団が、一気にその梯子を登り坪尾砦へと攻め立て始めた。

その様子を見て、よし、と小さく呟いたのは領家恒定だ。梯子は複数の竹を束ねて強化したものを組み、一晩川に漬けて水を吸わせて重くしてある。さらに梯子を固定する工夫として、密かに坪尾砦の斜面に向けて杭を打ち込んでおいたのだ。

山城を攻め登るには、ただ斜面を登るだけでは難しい。斜面は土肌であるが、草木は抜き取られ、表面を削り、滑りやすくしてある。攻め手はただ登るだけでなく、攻め寄せながら、斜面には足場を掘り、土嚢を積み、堀を埋め、少しずつ登りやすくする作業も同時に行う。城の防御施設を一つ一つ壊していくのだ。当然、戦闘が終わった後、城内の兵は斜面を削り直し、溝を深く掘り返し、防備を修繕する。防御網の敷設、破壊も攻城戦の一面である。

領家恒定の策は、坪尾砦へ対してのみ、攻め登る際に城内から見えないように、斜面に杭を打ち込んでいくことだった。大がかりな工作では城内の兵に気が付かれ修繕されるが、この程度であれば、戦闘の中、城内の兵に気付かれず密かに工作が続けられる。そして今、杭に梯子を引っかけ固定することで、坪尾砦を登る斜面の高さ半分までに、幅十メートル程の梯子状の足場を縦横に組むことに成功したのだ。これで坪尾砦の山肌斜面による防備は半減したことになる。

「まずい」

下瀬頼定は思わず叫んだ。益田兵の後ろに控えていた兵が一斉に坪尾砦へと押し寄せた。それまで、後ろの兵は大手へ、すなわち頼定が守る乾郭へ攻め寄せるための予備兵だと考えていた。その兵が一団となって梯子を登り、坪尾砦へと続く斜面を登り始める。鍵爪を手にして土の斜面を掘り返しさらに足場を作る、杭を打ち、綱を張る、土嚢を置き踏み固める。城内の兵も油を飛ばし、火を掛け、足場を燃やそうと試みるが、湿った竹には容易に火が付かず、燃え移った炎も砂を掛けられて消されてしまう。

「下瀬殿！」

背後から声を掛けたのは鳥居小八郎だった。

「坪尾砦が危険だ。何とかならぬか！」

鳥居小八郎は乾郭の槍隊を率い、頼定とともに戦っていた。個人的には頼定を嫌っていても、いざ戦になれば協力して敵に対峙しているのだ。

「坪尾砦の兵のみでは、あの人数を支えきれまい。そして砦が落ちれば……」

山頂の尾根に連なるように築かれた山城は、複数の曲輪を伴うことで多くの兵を籠城させることができる。その半面、一箇所の曲輪が敵の手に落ちると、次の曲輪に向けて尾根を伝って容易に攻め込まれることになる。堀切を掘り、尾根を遮断する手法もあるが、三本松城内では、城内の移動を優先するために堀切を築いていない。

坪尾砦が敵の手に落ちれば、本丸まで、そして三本松城全体が落城したと同然であった。

「お主、ここから兵を回し、救援に向かえ」

「いえ」

そう言って、大手より攻め寄せる陶軍を見据える。

「同時に大手の寄せ手も増しております。我がここを離れると、逆に乾郭が攻め落とされましょう」

「むぅ……」

敵兵は坪尾砦の斜面を登り切り、木柵に手を掛けている。城内からは槍を突き出し、矢を放ち、石を落とし続けている。正面から強引な攻めを続ける陶方の被害は甚大で、斜面を転がり落ちる者が多数いるが、それ以上の数の兵が斜面を登り続けている。幅広に足場を確保したのは、数の利を活かすためだ。

「たとえ、坪尾砦に駆けつけたとしても、砦上は狭く効果的に戦えませぬ。下から上がってくる敵兵を抑えきれず、数で押し切られるでしょう」

三本松城の縄張りは曲輪が連なるだけと単調で、横矢掛かりのような工夫は見られない。陶方の攻勢も、隣の曲輪からの弓射の死角を選んで攻め登っている。頼定の強弓でも、効果的に敵勢を留められるとは思えなかった。

「ではどうするというのだ？　このまま城が破られるのを黙って見ているというのか」

本丸から坪尾砦へと続く間に、織部丸と呼んでいる曲輪がある。その中で慌ただしく兵が動いていた。それを見てとり頼定は応える。

「いえ、我らはこのまま、大手の軍を押し返しましょう」

「押し返すだと！　正気か。それに大手からあの梯子までは距離がある。そこまではとても無理だ。目前の兵を倒したとて坪尾砦が落ちれば、落城は必至ではないか」

「坪尾砦の守備は彼らに任せましょう」

言って頼定は新たに持ちだした矢を番える。その矢は通常よりも長く、先端が二股に分かれている。鏑矢だ。

「我らは勇敢なる友軍の帰り道を用意するのですよ」

そして、音高く矢を放った。

満足げに頷いたのは益田藤兼だった。

「お主の策、上手くいったようだな」

「はっ、恐れ入ります」

藤兼と領家恒定は並んで坪尾砦を見上げる。攻め寄せているのは、乃美賢勝の兵が中心で、益田の兵は加わっていない。

「しかし、よろしいので？　このままでは三本松城攻めの手柄は乃美殿に取られてしまいますが」

「大手正面の兵を釘付けにすることが我らの役目だ。これまで我ら益田が正面を戦ってきたのだから、違う動きを見せれば敵も警戒するだろう。それに陶殿も凡百の将ではあるまい。坪尾砦攻めがお主の策だということも、我らの働きも認めてくださるだろうよ」

領家恒定は、藤兼が坪尾砦攻めを受け持つことを主張し、陶晴賢に詰め寄ったことを知っている。だが、これまでの戦いで益田兵は傷つき数が減っており、確実に敵城を落とすためには、と陶晴賢は乃美賢勝に坪尾砦攻めを任せたのだ。

領家恒定の策は当たり、坪尾砦を攻める陶の先陣は梯子を登り、山腹を這い、敵の攻撃を掻い潜り、ついに山上の曲輪まで達した。

もう少し、山腹の斜面の八割方まで杭を設え、もっと多くの兵を坪尾砦に向けて差し向ける計画であったが、最後の総攻めが始まったため、中途の計画のまま発動せざるを得なかった。

それでも、麓から山頂まで続々と陶兵が押し寄せる。その兵数は陶方が圧倒的に多く、このまま押し切ることができそうだ。

「勝ったな」

藤兼が呟いた。恒定も同感だった。だがその時、山上の吉見兵に動きがあった。坪尾砦の右側、織部丸で兵が動いていた。だが、その数は多くなく、そのまま坪尾砦へ援軍に向かっても、大勢に影響はない。しかし、その兵らは奇怪な動きを見せた。陶勢に攻め立てられる坪尾砦へは向かわずに、曲輪の木柵を越え、斜面を滑り降りた。

その行き先は、真っ直ぐこちらに向いている。

「……なっ、ど、どういうことだ！　奴ら、自暴自棄になったか」

同時に、ヒョョョョョョー、と甲高い音が天を渡った。下瀬頼定が放った鏑矢だ。

その鏑矢は特製で、通常よりも大きく甲高い音を発するよう細工がしてあった。

「なっ、何だ、一体。何だ今の音は！」

生死を掛けて戦場に立つ兵にとって、初めて聞く奇妙な音に一瞬怯え、動きが止まった。戦場において、前進や退却の合図は太鼓や鐘、法螺貝など音で知らせる場合が多い。したがって、戦場の兵は音に敏感である。音の響いた空を見上げ、視線を泳がす。その隙を突き、山上より降りた吉見兵は陶兵に襲いかかった。


織部丸より滑り降りた吉見兵は、長嶺信五右衛率いる五十人程の小部隊だった。麻袋を尻に敷き、橇《そり》のようにして土の斜面を一気に滑り降りたのだ。そして、これから、まさに梯子に足を掛けて坪尾砦へと攻め登ろうとする乃美賢勝の兵に、鏑矢の音に混乱する兵に、襲いかかった。突然、目の前に現れ襲撃してくる敵兵に乃美兵は動転する。彼らに向かって長嶺信五右衛は油壺を投げつけて火を放った。

絶叫と猛火が陶の兵を分断した。

前後の兵が火を消そうと駆け寄る。長嶺信五右衛はそれを迎え討ち、敵兵の消火活動を阻んだ。

「殿、お退がりください」

領家恒定は益田藤兼の前に立ち、手勢を引き寄せた。敵中に飛び込んで来た吉見方、長嶺信五右衛の目的は明らかだった。斜面を登る足場となっている梯子を焼き払うこと、そして続々と山上へと登る陶兵を分断し、坪尾砦への圧力を減らすことだ。

圧し込まれているとはいえ、坪尾砦上での戦いは吉見側が有利だ。木柵の内側から、しっかりした足場で、高い位置から迎え撃つからだ。したがって、山麓に設えた竹梯子の足場を燃やしつくせば、それ以後の増援は不可能であり、坪尾砦内の兵のみで今の攻勢さえ耐えきれれば、最終的に陶兵を押し返すことが可能となる。それができなくとも、一時的にでも攻城兵の圧力を減らすことで時間を稼ぎ、防御への対応が可能となる。

長嶺信五右衛の行動をそのまま許せば、益田の、領家恒定の考えた策は潰えることになる。名案ではあるが、しかし、たった五十如きの兵で敵中に躍り込むなど、正気の沙汰とは思えなかった。

「うわぁぁぁ！　火を、早く火を消してくれぇぇ！」

「突っ込め！　敵を排除しろ！」

「消火にかかる兵を狙い討て。立ち向かう敵は相手にするな！」

「火を消せ！　ああっ、梯子が燃え尽きてしまう！　早く火を消すのだ！」

「退却だ！　もう駄目だ、退がれ。退却だ！」

「火になど構わず坪尾砦を攻めるのだ。このまま押し切れ」

敵味方入り混じり、怒号が飛び交う。各所で激戦が続き、三本松城の合戦は終局を迎えつつあった。

三本松城の攻防。八月二日の総攻めは、日没とともに終わった。すなわち三本松城は落城せず、吉見方の勝利で終わったのだ。

吉見正頼は下瀬山城から、ここ三本松城へと本陣を戻し、鳥居小八郎を使者として陶の陣地へと送っている。本格的な停戦交渉が始まったのだ。

この後、吉見正頼は息子、亀王丸を人質とすることで大内との停戦にこぎつけた。九月二日のことである。

陶晴賢はその後山口に戻り、毛利への対応に忙殺されることとなる。

翌年、弘治元年（一五五五）十月、毛利元就と陶晴賢による厳島合戦が行われ、毛利元就が勝利する。陶晴賢は自刃し、中国地方の勢力図は大きく変わることとなった。弘治二年（一五五六）、吉見氏は正式に毛利家の家臣となる。以後、毛利の下で織田軍と戦い、朝鮮遠征や関ヶ原の戦いにも加わることとなる。

雲一つない満天の夜空だった。昨日と変わらない。砂粒を播いたような満天の星空に、ぽっかりと夜闇が浮かんでいる。かたひらに糸のように細い月が浮かぶ。

疲れ切り抜け殻のように呆けて夜空を眺めていた下瀬頼定に、近づく足音があった。視線だけを動かして、それが誰か確認すると、大儀げに身体を起こした。

「父上、御無事で何よりでございます」

「おお、お前も無事で何より。今回の戦働きも、見事であったそうだな」

四箇月ぶりの親子の再会であった。下瀬頼郷も、長い籠城戦で痩せたようだが、肉が隆々と盛り上がる上半身の頼もしさは今も健在である。

激戦となった坪尾砦、その一角で親子二人が並んで座りこんだ。ともに夜空を見上げる。

「これまでの戦を振り返ると、こうして父上の顔を再び見ることができるとは、思えませんでした」

三本松城とともに、下瀬山城、御嶽城が最後まで抗戦を続け、落城しなかったのだ。

「我らは生き残りましたが、ここ、三本松城においても死んでいった将兵も数知れず。特に、長嶺信五右衛を失ったことは大きな痛手です。あの者の御蔭で、今の我らの勝利があると思えば……」

総攻めの最終局面、長嶺信五右衛の突撃は退却路のない無謀な突撃であった。それを知った下瀬頼定は大手口を取り返し、長嶺信五右衛の退き口を確保しようと図ったのだ。だが、大手口に攻め寄る陶兵も多く、退き口を確保する前に、長嶺信五右衛は益田藤兼に討たれてしまった。しかし長嶺信五右衛の戦果は大きく、坪尾砦への昇り梯子を燃やしつくし、陶兵を分断し、坪尾砦を守り切ることができた。その勇に報い切れなかった想いが、頼定の心中に、ぽっかりと穴をあけている。

「私も、まだまだ未熟で御座います。これからも父上の指導の元、兵法を磨きたいと思います」

「こらこら、それほどかしこまる程のことではあるまい。戦はまだまだ続く。殿のためにできることは幾らでもあろう。殿をお守りすることこそが、長嶺殿に報いること。そう考えれば良いのだ」

それにしても、と頼郷は閑散とした三本松城内を見遣りながら呟く。今日の激戦で疲れ果てた人々は既に寝入っており、歩哨さえ立っていない。

「よくもまあ、誰も落伍しなかったものよ」

「落伍、とは？」

「三本松城は広い。他人の眼が届かない場所があれば、裏切りが出る可能性が高いだろう。自分だけは死にたくない、誰も見ていないから、と敵に通じる者、降る者も出てくる」

「それゆえの、あの策ですか。封書など渡され驚きました」

頼郷が渡したのは、吉見正頼本陣を下瀬山城へ移すという奇策だ。それにより、益田藤兼からの幾つかの謀略が不発に終わっている。

「いや、あの策の主眼は殿を裏切りから守ることであって、裏切り、内通を防ぐことではない。裏切りがなく、吉見が一丸となって最後まで戦い続けることができたのは、そう、お前の功績だ」

「私の、ですか？」

頼定は首を傾げる。父は真面目に頷いた。

「お前、皆に何と呼ばれているか知っているか」

頼定は首を左右に振る。

「忠義一筋の『かたくわ者』だとよ」

かたくわ者……、と口内で言葉を転がす。そう言えば聞いたことがあった。あれは鳥居小八郎の言葉だったか。

「殿のためと思い詰めれば、誰の説得も聞かず、譲ることもせず、考えたことを必ず実行する。誰の言うことも聞かない頑固者、というところか」

「そ、……そうなのですか？」

頼定は首を傾げる。「かたくわ者」と、もう一度口の中で言葉を転がす。どうしてそのようなことを言われるのか、心当たりがない。

「戦の最中、お前は乾郭に立ち、遠射の術を見せ付けて敵を屠っていただろう。もし、内心で吉見を裏切ろうとすれば、その弓矢が何処からでも飛んできて、その裏切り者を襲うだろう、と。そう恐れられていたのだ」

「……」

頼定には言葉も出ない。

「殿に忠義一筋の『かたくわ者』。殿に害を及ぼそうとする者を必ず、何処からでも、その強弓で排除にかかる。音もなく、誰にも気付かれることなく、な。そう恐れられていたのだ。だから三本松城では、裏切り者が現れなかった」

「……そ、そんな」

自分の知らぬ間に、いつの間にそのような評価が自分に付けられていたのだろうか。

不思議に思い、父に問う。

「なんだ、やはりお前、気付いていなかったのか」

「何を、でございます」

「お前の賀年城での働きぶりよ。あれがお前を、裏切りを許さない忠義者としての株を上げていたのだぞ」

「賀年城ですか。あの負け戦の……」

五箇月も前の話だ。あれが今回の吉見の生き残りを掛けた合戦の緒戦だと思うと、ずいぶん昔のような、そして、つい昨日の出来事であったような気がする。

「お前の策が裏切り者の田中次郎兵衛を殺した。それがお前の忠義者としての、『かたくわ者』としての評価よ」

「……」

賀年城合戦、その最終局面において、賀年城より打って出た下瀬頼定は田中次郎兵衛の陣旗を掲げ出陣した。田中次郎兵衛が裏切り、城内を出るまでに頼定が襲撃し、奪い取った旗だ。

頼定は、城内より脱する田中兵と偽装し、陶晴賢本陣の脇を通過すると見せかけ、突如反転、陶晴賢本陣を側面より痛撃したのだ。そこに賀年城より出陣した吉見軍が正面から陶本陣を強襲し、中央突破を図った。

この混乱の中、賀年城を包囲していた陶方の他部隊は、陶晴賢への救援を行うか、敵兵の殲滅を優先するか迷うこととなった。その隙を突き、敵本陣を突破した下瀬頼定は窮地を脱し、三本松城へと帰還することができたのだ。

その後、下瀬頼定が田中次郎兵衛の旗を掲げていたことから、田中次郎兵衛の寝返りは吉見方の策略だったのではないかとの疑いが生じた。その結果、田中次郎兵衛は陶晴賢の手によって粛清されている。

下瀬頼定は寝返りを決して許さない。

たとえ心の中で考えただけでも、釈明も言い訳も聞かず。たとえ遠く逃げようとも、弓矢は音もなく、何時、何処から狙われているかもわからず、矢は飛び追い掛けてくる。誰も逃げ切ることはできず、裏切りを許すことはない。

その弓矢を放つのは、吉見家中一の忠義者、神技の如き遠射の術を持つ、『かたくわ者』なのだから。

後年、関ヶ原の合戦により毛利家は周防長門二箇国へ減封、これに従い、吉見家も萩へ移ることとなった。下瀬家も吉見に追従し萩に移ったものの、頼定だけは下瀬脇本の地に残り、日原銅山を支配した。

その後、津和野藩藩主として津和野に入った坂崎直盛は、下瀬頼定を恐れ近づくことができなかった。参勤の際にも石見路を避け遠回りし入城し、日原銅山へは立ち入りができず後に天領となっている。毛利家臣桂元次や、頼定の息子、下瀬頼直より再三退去の説得が行われたが、頼定は死去するまでその地を離れなかった。

まさに、己の信念を曲げず守り続ける『かたくわ者』であった。

現代の津和野城から三本松城の合戦を偲ぶ

津和野の観光名所といえば、一番に太皷谷稲荷神社を思い浮かべる人が多いと思われます。太皷谷稲荷神社は、安永二年（一七七三）に津和野藩主亀井矩貞が津和野藩の安穏鎮護と領民の安寧を祈願するため、津和野城の鬼門にあたる東北端の太皷谷の峰に、京都の伏見稲荷大社から斎き祀ったのが始まりと伝わっています。ということは、津和野の中心はあくまでも津和野城ということになりますね。

さて、その津和野城、現在では城下にあたる街中から見上げると、象徴的な見事な石垣が見えます。この石垣、江戸時代に津和野藩に入った坂崎直盛が築いたものであり、中世の三本松城の時代にはありませんでした。津和野城の大手口は城の東側（太皷谷稲荷神社の近辺）にあり、現在の津和野中心街に向かって造られていますが、中世三本松城の大手口はその反対側、城の西側に設置されていました。

つまり、観光地としてリフトに乗って登ることのできる津和野城と、中世の三本松城の姿は随分違っているということになります。

話は少し逸れますが、昨今のお城ブームで、いわゆる百名城の城跡を訪れ、城の縄張りや石垣の高さや積み方、天守閣内での敵を欺く罠、といったものを大きく取り上げる番組や雑誌記事などがあります。個人的には「それは些末事では?」と思うのです。

理由の一つとして、大坂夏の陣で大坂方は、「外堀がなければ打って出るしかない」と判断して野戦を決行しています。天守閣周辺の防御設備が幾らか残っていても、実際の戦闘には耐えられないと判断している訳です。

また、幕末の第二次長州征伐の石見口の戦いにおいて、幕府方の浜田藩主松平武聰は、益田、周布での戦いで幕府軍が敗れたことを知って浜田城で戦うことなく逃げ出しています。

これらは防御設備としての天守閣、その周囲の縄張りが既に信頼がおけないものになっている証拠だと思われます。

こうして考えると津和野城の石垣についても防御施設として期待されている構造物ではないと判ります。実際に津和野城に訪れれば判りますが、石垣よりも山の斜面の方がよっぽど防御の役に立ちそうです。

石垣造りの近世城郭は、領主の威厳を領民や城下に見せ付けるという意味が強くなっています。もちろん、津和野城の石垣はとても見栄えがしますし、その築城技術は一見の価値のあるものだと思います。


現在の観光地津和野城は、坂崎直盛が築いた津和野城（の石垣）を効果的に見せる造りになっていますが、中世山城の三本松城の姿を見ることは難しいのが現状です。

津和野城も公園整備されていますが、山頂の石垣部分と登山道が中心で、その登山道も江戸時代の大手口を基本としたものです。中世三本松城の大手口であった西側は、鬱蒼とした森林に覆われたままで、入ることも城下を眺めることもできません。図6で示した、搦め手を抑えるための江良房栄の陣や、大手門を眼下に見据える益田藤兼の陣（現在の津和野神社）などを、山上から見下ろすこともできません。

ただ、山城の防御の基本は、その高さ、斜面を活かすことですから、その意味での三本松城の見所は健在です。

急な斜面は観光リフトで登り、案内板に従って、本丸石垣跡まではほんの十五分。石階段を登り、三十間台と呼ばれる最上部に到達すると、苦労した以上の絶景を見渡すことができます。

真っ先に目につくのは、青野山の山容でしょう。津和野の街を挟んで東方に、綺麗な山形に整った青野山が聳えています。その青野山の手前、丘陵の先端部に久芳賢重の陣がありました。南方を見渡せば、陶晴賢が本陣とした陶ヶ岳の小高い丘が見えます。標高はやや陶ヶ岳の方が高いですが、距離があるため威圧感はありません。三本松城の合戦に置いては、陶軍約一万数千の兵が眼下に布陣し三本松城を取り囲んだのでしょうが、比高も高く、三本松城の大きさも相まって、籠城側もあまり不安を感じなかったのではないかとも思えてきます。

それはともかく、津和野城の観光地としての魅力は、その景観と積み上げられた石垣の見事さです。「よくもまあ、こんな高い山城の頂上に、これだけの石垣を持ち上げたものだ」と感心しきりです。津和野観光の際には、是非、時間を取って津和野城に登っていただきたいと思います。

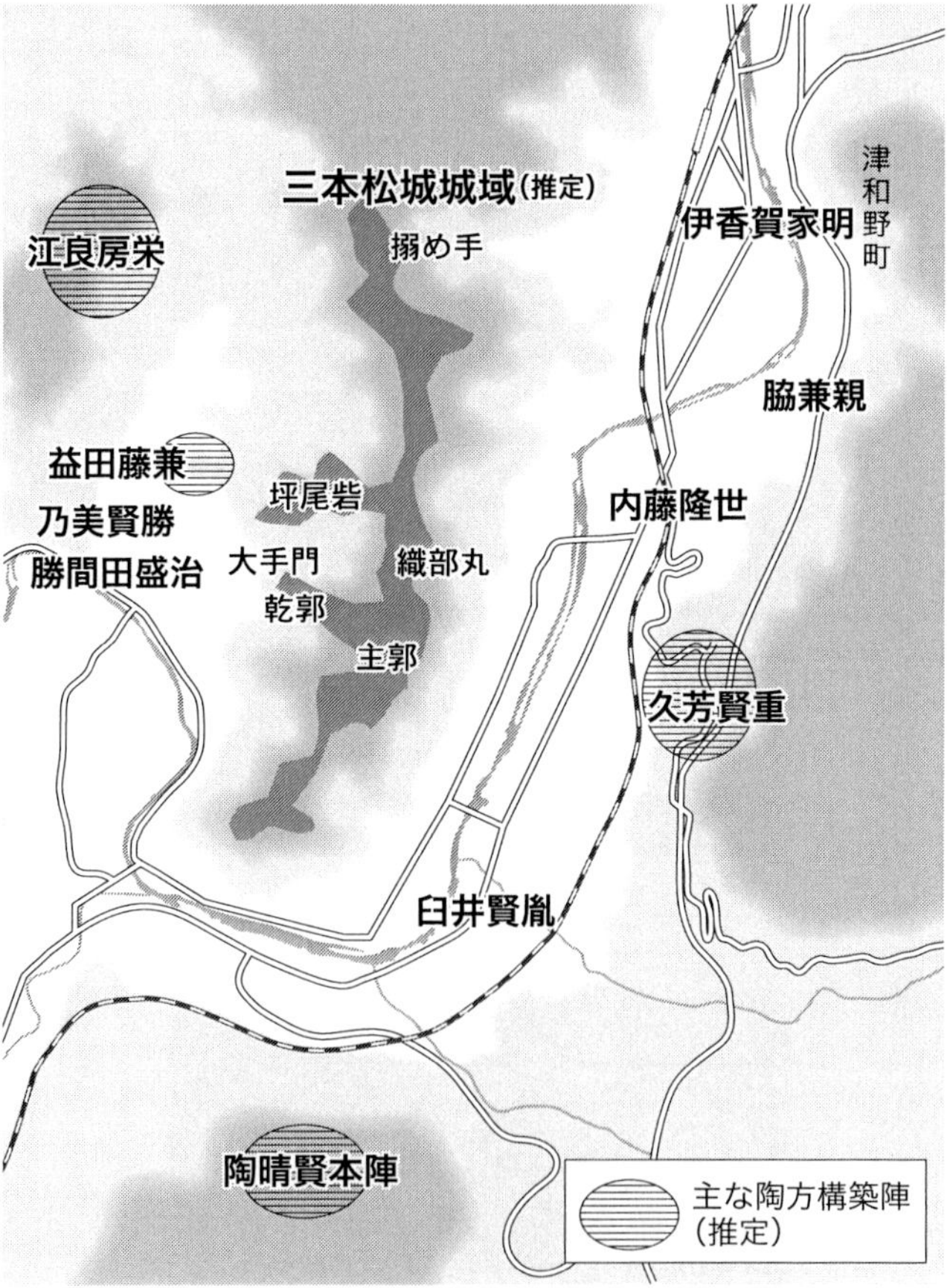

図6　三本松城合戦配置図(推定)

中世の大手口側から津和野城を臨む

津和野城の急峻な石垣

津和野城山頂から陶ヶ岳を臨む

光芒

神屋紹策　銀山争奪戦

永禄六年（一五六三）九月、毛利軍は出雲国の白鹿城を攻め落とした。毛利元就による第二次月山富田城合戦の途上である。

尼子方も白鹿城を守る城主、松田誠保を援護するために、山中鹿介を含む救援部隊を派遣した。しかし、衆寡敵せず白鹿城の目前で退却している。

その報告を、店の小者から聞いている男がいた。鵜鷺湊の船小屋、その二階の一室。開け放たれた窓からは涼しい秋風が緩やかに流れ、潮の香りが満ちている。その男、神屋紹策は、文机を前に書付に筆を走らせている。

背中越しに聞く小者の声に、その内容に、紹策の筆が止まる。

「今、何と言った。もう一度申してみよ」

は、はい、と狼狽えながら、小者は手にした帳面を繰り戻した。

「毛利軍は白鹿城の水の手を止めるために地下道を掘り、水の手を奪おうと図ったとのことです。結果は城内からの反撃もあり、思惑どおりとはいかなかった模様です。水の手を止める前に城は陥落いたしましたが、その地下道を掘るために大森銀山の掘子を動員した、とのことです」

「……」

改めて報告を耳にする間、紹策の手は止まったままだ。一滴の墨が書付に滴り落ちたが、そのことにも気付いた様子がない。

「神屋……様？」

神屋紹策は空を見上げるようにして両目を閉じ、静かに何か思案している。困惑する小者をよそに、紹策は黙したまま暫く動かなかった。

「そうか、毛利の銀山支配はそこまで進んでいるか……」

小さく呟いたその声を、小者も、紹策本人も、耳にすることはできなかった。

大森銀山は十三世紀初頭に大内弘幸によって発見された。開山初期の技術力では、仙ノ山山頂部の自然銀を露天掘りで採掘するのみであった。そのため、南北朝時代、長門探題として西行した足利直冬がこれを掘りつくし、しばらく衰退することとなる。

大永六年（一五二六）、博多商人である神屋寿貞は大森銀山を再発見、さらには間歩などの坑道採掘技術と灰吹き法の導入により採掘量は増大した。銀山旧記には二十万人もの人々が銀山周辺に居住していたとも記され、戦国末期には最大の繁栄をみせている。

それだけに、石見国の諸領主は大森銀山を手に入れるために激しい抗争を繰り広げた。大内、尼子、小笠原といった領主が銀山を領しては、奪われていった。

大きく状況が変わったのは、天文二十年（一五五一）の大寧寺の変、そして弘治元年（一五五五）の厳島の合戦である。刺賀長信は大内義隆の家臣として、仙ノ山に隣接する山吹城に入り、大森銀山を管理していた。しかし、陶隆房の反逆により大内義隆が謀殺され、その陶隆房も毛利元就に敗れ自刃した。刺賀長信の後ろ盾は次々と失われていった。

翌弘治二年（一五五六）三月、毛利元就が銀山領有に向けて動き出す。吉川元春が指揮を執り、宍戸隆家、口羽通良らを率い、兵を石見国へと動かした。三久須城、矢筈城、三つ子城を降し、同五月には刺賀長信を取り込むことに成功。大森銀山は毛利が所有することとなった。

こうした毛利の動きに対して、尼子方も動き出す。尼子晴久は遠征中の備前国の兵を引き上げ、二万五千の兵をもって石見へと進軍した。その動きを知った毛利元就も宍戸隆家に兵七千を与えて救援に向かわせた。

一人の青年が、人混みで溢れる細い街路を歩いていた。街路の両脇の建物は路に迫るほどに圧迫感を与える。木造であるにも関わらず、三階、四階建の建物はざらだ。狭隘な土地を可能な限り利用するために、斜面にへばり付くように、雑に積み上げられたように建てられている。人混みには働き盛りの男たちが多い。もちろん、女性や子供も多いが、強いて言えば老人が少ないかもしれない。皆、それぞれ足早に通り過ぎ、目当ての店を見つけて暖簾を潜る。食欲を刺激する香りを流している飯屋には多くの出入りがあり、酒を出す店には連日間歩へ潜る掘子たちが息抜きのために腰を下ろし大声をあげている。様々な日常品を扱う雑貨屋には家政を司る女たちが集い、懐に余裕のある男衆は、欲を満たすために女郎屋へ足を向ける。

「博多湊とは、また違う喧噪だな」

人混みに溢れる雑然とした町並みは、目に付くもの皆珍しく、青年は楽しそうに周囲を見渡しながら歩く。水捌けが悪い細い街路は昨日の雨に泥濘み、歩きにくいことこの上ない。

「それでも、皆、活き活きと暮らしている」

街ゆく人々の表情は明るい。もちろん、身に付けている着物などを見るにつけて、毎日の生活の苦労は察して余りあるが、それでも彼らは前向きに日々を過ごしているように見える。

青年は鼻歌を歌いながら、軽い身のこなしで人壁の間をすり抜け、上り坂を登って行った。やがて街の喧騒は消え去り、別の音が大きく響いて耳に届く。鉄槌が岩を割り砕く音。水流の中で鉱石を選別する者。燃え盛る炭と、鞴で風を送る音。高温に熱した鉄を打ちつける甲高い音は鍛冶師の小屋だろうか。親方が弟子を叱りつける声は、職人としての誇りを感じさせる。

そこには銀精錬に関する工房が連なって建っているのだ。

「これが銀山の工房街か。なるほど、面白いものだな」

そこには大勢の人々の日々の生活が営まれており、それぞれの人生が刻まれている。

青年は足を止め、嬉しそうに周囲を見渡した。

「この賑わいを、祖父が造ったのか」

青年の名は神屋紹策といった。彼は石見銀山を再発見した神屋寿貞の孫にあたる。

神屋家は有力な博多商人の一人である。神屋寿貞以後、大森銀山を開発管理し、銀の採掘、精錬から販売までを手掛けている。大森から博多への商圏を持ち、さらに大陸への販路まで維持することで莫大な利益を得ていたのだ。

「わっ、若様……、若様！　お待ちくだされ」

紹策の元に、息せき切って駆け込む中年の男がいた。その真剣でありつつも滑稽な姿を見て、紹策は苦笑しつつ歩みを止めた。

「っ、若様……、私めを置いて先に行かないでくださいまし。私は大日那様より、若様の御案内を仰せつかっておりまするゆえ」

息を切らせながら、男は怨み節に抗議の声をあげる。それもそのはずで、中年の男はでっぷりと腹が出ている。それでいて手足は細く、まるで何かの虫のような外見だ。よたよたと頼りない足取りで駆けてくる。

「俺は、父の、お主の言う大旦那に言われて、ここ銀山の様子を見に来たのだ。金吾、お主の話は何時でも聞けるが、街の様子を見ることは今しかできないのでな」

金吾、と呼ばれた中年男は、「はぁ」と大きく一息ついて、両膝に手を突いた。顎の先から汗が滴る程に落ちる。工房街は精錬や鍛冶で炎を扱うため、熱気が籠っている。それにそろそろ初夏も終わろうかという時節だ。

「それはともかく、街の中は良いといたしましても、この先、山吹城には不穏な空気が流れておりまする。若様に万万が一の事があると思えば、私など生きた心地がいたしませせぬ」

「ふむ。それは戦が近いとでもいうことか」

「近いとか遠いとかの状況では御座いませぬ。尼子と毛利の戦は既に火花を散らすほどに激しくなっておりまする」

「……？」

金吾は、ここ大森銀山に長く住みつき、博多商人としての神屋の出役として働いている。その言葉には信頼が置けるはずだが、しかし、と紹策は首を傾げた。ここ、仙ノ山上の工房街には戦の気配などなく、人々は、ただ目の前の生活を送っているように見える。

「若様の疑問はごもっとも。しからば、この先、もう少し進みますれば、このこと、御理解いただけます」

金吾に促されて紹策は歩みを進めた。工房街には変わりなく、人々は己に課せられた仕事に集中し、脇目も振らず働いている。

ふと、風向きが変わった。これまでの工房街には、燃える木炭の、打ち付ける鉄槌の、銀精錬に取り組む人々の熱気が籠っていた。それが一瞬で消え去り、乾いた風が紹策の両脇を吹き抜けた。

目前の景色が一変した。工房の建物が続けて立ち並ぶ工房街が途切れ、足元には緩く下った斜面が現れた。唐突に開けた景色の先には、左右に谷が続いており、その底には街道が伸びている。その先、銀山のある仙ノ山の、その対岸といえる先には小高い山が見え、大勢の人々が群がっている。その山こそが山吹城と呼ばれ、多くの領主が争っている城なのだ。実質、この城を有することが、ここ大森銀山を領有することと同義とされている。

「そうか、あれが山吹城か……。意外と近いな」

大森銀山の工房街は、銀鉱石が採掘できる仙ノ山の、その山上に造られている。その仙ノ山山上から山吹城まで、谷を挟んで直線距離で五百メートル強しか離れていない。さらに、仙ノ山は山吹城よりも標高が高いため、城内の様子を手に取るように見ることができた。

「現在、山吹城に籠っているのは刺賀長信率いる三百ほどの兵です。刺賀長信は毛利方に属しておりまする。これを包囲する尼子方は本城常光を先兵とした二万五千。大名である尼子晴久本人も忍原まで出張っておりまする。山吹城の救援に駆け付けた毛利方の兵は一万二千程ですか。双方が睨み合い、今、山吹城周辺は一触即発の状況となっておりまする」

谷を隔てて山吹城の惨状が見えた。堅固な山吹城を陥落させるために、尼子軍は刺賀長信を兵糧攻めに取り囲んでいる。城内を見るに、兵は皆痩せ衰え、見張りに立っている者さえ槍を杖代わりにしてやっとという有様である。山城の麓、至る所に尼子の小部隊が滞陣している。互いに連携し、猫の子一匹逃さぬよう、完全に包囲してしまっている。

「……酷いものだな」

「尼子は刺賀長信の降伏申し入れを撥ねつけました。尼子がいつ総攻めを行うのか。それまでに毛利は尼子の包囲網を突破し、山吹城に兵糧を入れることができるかどうか。今はそういう段階になっておりまする」

見れば、山吹城の近隣の山上に尼子の本陣が見える。山から零れ落ちるかと思えるほどの大軍である。さらにその先に毛利の陣があるというが、それは見ることができなかった。

「戦になれば、ここ仙ノ山も巻き込まれるのではないか？」

紹策の疑問は尤もであった。しかし、金吾はその問いを予想していたらしく、澱みなく答える。

「銀山を狙っている領主たちは、ここ、仙ノ山には一切手出しいたしませぬ。仙ノ山に兵を入れ、職人を殺し工房を破壊すれば、銀の生産が滞りまする。彼らは銀を採掘することはおろか銀山経営のことなど何一つ知りませぬし、できませぬ。ただ銀山の領有を宣言し、兵威を振りかざし、僅かばかりの運上金を欲しているのみですから」

銀の精錬を行う銀山街は仙ノ山の山頂にある。間歩で採掘された鉱石や精選に用いる水、精錬に用いる炭を運ぶにも、山上は不都合である。さらにいえば、仙ノ山と山吹城の狭間となっている谷には一軒の家屋も建てられていない。誰が考えても、工房は山上よりも山麓、谷部分に備えるのが理にかなっている。

しかし、山吹城とその周囲は戦場となる。戦に巻き込まれれば、人々は追われ、家屋は破壊される。そのため銀山街は山吹城での戦闘に巻き込まれぬよう、山上に造られている。

「あの者たちは銀山の領有権をめぐり戦っておりますが、本当の所有者は国人領主などではありませぬ。ここ、大森銀山の本当の所有者は、商人である我ら神屋でございます」

まるで自分の手柄であるように、自慢げに金吾は話を続ける。

銀生産には多くの人々が関わり、その経営は複雑多岐にわたる。危険な間歩に潜り銀鉱石を掘る掘子たち、鉱石を運び出す人足に、鉱石を砕き選別する工夫、鉱石から銀を取り出す銀吹師。彼らの使う道具を整えるのは鍛冶師の仕事である。銀精錬は銀吹師が中心となって動かしているが、現代の会社のようなしっかりした組織ではなく、個々人の契約と金銭的な取引の積み重ねの中で山全体が動いている。その中で、神屋は間歩を管轄する銀山師や、鉱石を買い取り、銀を精錬する銀吹師に投資を行うことで一定の発言権を得、細々とした契約の調整や訴訟処理、金の貸し借り、さらには災害時には一時的な生活保障までも行っている。金吾の言うとおり、商人が銀山の主であるという自負もあながち間違いではない。

「さあ、銀山街へ戻りましょう。領主たちの身勝手な争いなど、我らの知ったことではありませぬ。勝手に殺し合いをしていればよいのです。我らは人を活かすためにこそ、働いておるのですから」

言って、金吾は山吹城に背を向けて歩き出す。紹策は何度か振り返りながら、金吾の大きな背中を追い掛けて行った。

山吹城を包囲する尼子勢は、間を置いて刺賀長信の籠る山吹城へと攻撃を加えていた。反撃の様相で城内の様子を探っているようだ。

神屋紹策が大森銀山を訪れて五日目となる。紹策は山吹城の戦況が気になり、毎日のように仙ノ山山上から戦の様子を眺めていた。

「彼らは何のために命を掛けて戦っているのだろう」

命を掛ける、という意味で言えば、ここ仙ノ山で働く人々も同じだ。特に間歩に潜る掘子たちは、常に死と隣り合わせだ。地下深く狭い坑道は真の闇で、小さな螺灯だけを頼りに潜る。狭い足場を組み、岩壁にノミを当てがい、鎚を振るう。出水や落盤、橋桁からの転落によって怪我を負うことはざらであり、命を落とす者も多い。さらに坑道内の空気は悪く、煤煙と粉塵が澱み肺を痛め寿命を縮める。銀吹師や鍛冶師なども、火や鉛を扱うために事故はつきものであり、銀山で働く者たちの寿命はえてして短い。

「しかし、仙ノ山の人々は生活のために、日々を生きるためにこそ命を掛けている。だが、あの戦に駆り出されている人々は、眼の前のものを奪うために、眼の前の者を殺すために、命を掛けている……」

紹策にとって、理解はできるが納得の出来ない光景である。飢え、弱っている兵とはいえ山吹城の堅城ぶりは発揮され、尼子の攻撃を撥ね返し、双方の死傷者は増大の一途である。

「しかし、そろそろ限界だな」

今朝方より、東方が騒がしい。法螺貝の音や鬨の声、矢が空気を切り裂く音が果てのないほど聴こえてくる。毛利軍が刺賀長信の救助として最後の決戦と考え、猛攻をかけているのだろう。

その時、ふと何かに気付いた。仙ノ山の山麓に、笹の生い茂った斜面に、何か動くものがあった。

あれは？　と小さく口を動かした。声を出すのさえ躊躇《ためら》われたのだ。二十人ほどの小部隊が、腰まで伸びた笹に紛れるように伏せていた。

「毛利の決死隊……、か。兵糧を背負っているのか」

銀山では大量の燃料が消費される。そのため仙ノ山周囲は早々に全ての木が切り倒され、その後は一面の笹葉の海となっている。その笹葉に埋もれるようにして兵が隠れている。部隊の全員が何がしかの荷を負っていた。

じりじりと亀の歩みの如く、笹葉の海を泳ぐように慎重に進んでいる。毛利の陣から直接山吹城へと向かうのではなく、大きく仙ノ山を迂回し、密かに接近するつもりのようだ。

「しかし、これは無理だ」

尼子方の包囲陣は密だ。しかも、毛利軍は仙ノ山の笹薮を利用して接近を図っているが、谷底の街道まで進めば身を隠すものはない。その上、彼らの進む前方にも兵団が配置してある。未だ距離があり、互いにその存在に気付いていない。だが、毛利兵がこのまま進めば、必ず発見されるだろう。

「……」

暫くの間その様子を眺めていたが、おもむろに懐に手を伸ばし小刀を取り出した。僅かばかり鞘を抜き、陽の角度を測って刀身を傾けた。陽光が一閃し、慎重に進む先頭の毛利兵の手元へとチラチラと照らす。光に気付いた毛利兵が驚いたように仙ノ山を見上げると、紹策と視線が交錯した。紹策は小刀を懐に仕舞い、小さく指先で指示した。その先には尼子の一隊がある。声を出す訳にはいかないが、それが何を教えているか、その毛利兵は理解したようだ。僅かに逡巡した後、進攻方向を僅かに変えた。

「諦めはしないのか」

先頭の毛利兵の眼には強い光が宿っていた。背にした兵糧を必ず城内へ届ける、という意思だ。ゆっくりとだが、確実に、彼らは山吹城へと迫っていた。

唐突に状況が変わった。山吹城内から鬨の声があがり、同時に大手門が開かれ城内の兵が打って出たのだ。

紹策の眼下で三者の兵が目まぐるしく動き、情勢が変わる。門前の尼子兵は、刺賀兵の突然の襲撃を受けて混乱。周囲の尼子各隊は、あるいは刺賀兵の逃走を妨げるために駆けつけ、ある隊はただ困惑するだけで動くことができない。

毛利の小隊の位置からは、その大手門前の混乱ぶりを知ることができない。それでも彼らは状況の変化を読み取り、藪の中から立ち上がり、一気に山吹城へと走り出した。彼らの姿を認め、感心した。毛利の決死兵は胴に毛利の旗を巻いた以外は、尼子兵と全く同じ戦拵《いくさごしら》えを準備していた。すなわち、正面にある山吹城の刺賀長信の兵には毛利の旗印が見えるが、側面および背後にある尼子兵には同軍の兵に見えるのだ。そしてその拵えが、結果的に彼らの生命を守ることになる。

一斉に飛び出した小隊は、山吹城を囲む尼子兵たちには、一番槍を目指し抜け駆けした尼子兵に見えた。それと判ると同時に、他の尼子兵たちも手柄を得るために一斉に山吹城へと駆けだした。

山吹城を目指す毛利兵と尼子兵、それぞれの小隊が城麓へ迫った時点で、皆、異変を察知していた。すなわち、城内には既に刺賀長信の兵がいないということだ。刺賀長信は毛利本軍の攻勢を見て、これが最後の機会と判断し全軍で敵中突破による脱出を図ったのだ。毛利軍は本隊よる陽動の隙に、別働隊による兵糧の搬入を意図していたのならば、彼らの作戦は連係不足の的外れなものと言わざるを得ない。

毛利の小隊はいち早くそれに気付いた。そして即座に決した。背の荷物と毛利の旗を捨てて反転、脱兎の如く後退を始めたのだ。他の尼子部隊が攻城と功名とに夢中になる中、毛利の小隊の動きを不審がる者は皆無だった。

結果として、毛利軍の山吹城救援作戦は刺賀長信との連係不足により失敗となった。だが決死隊の果断さは、彼ら自身の生命を繋ぐこととなった。

「ほうっ」

思いがけぬほど、大きな息が漏れた。

神屋紹策は強張っていた両拳を緩めた。どれだけ堅く握っていたのか、掌を上手く開くことができず、両手で揉みほぐしながらゆっくりと拡げた。いつの間にか、眼下の状況にのめり込んでいたようだった。

弘治二年（一五五六）九月、毛利対尼子の銀山争奪戦、その第一幕は、毛利元就にとって苦汁を飲む結果となった。後の毛利家文書に『忍原崩れ』と記載されるほどの大敗である。刺賀長信は敵中突破を図れずに、山中で自刃。山吹城は尼子の手に落ち、尼子軍先鋒として功績を挙げた本城常光が山吹城へと入ることとなった。毛利家の石見国内での勢力は、著しく減じることとなった。

三年が過ぎた。

博多商人として、神屋家は順調に発展していった。大森銀山にはより多くの人々が集まり、銀は増産の一途である。人が集まれば食糧も必要となる。地形が複雑でそのほとんどが山林である石見国は、大森銀山の人口を支えるだけの田畑はなかった。したがって、常に他国より米を運び入れる必要がある。神屋紹策は他国より大量の米や様々な生活必需品を銀山に運び、返す荷で銀を仕入れる。銀は博多を経由して大陸へと運ばれる。全国各地から様々な商人が集まり、銀山街では金さえあれば手に入らぬものはないとも言われるほどの繁栄ぶりである。銀山街では、大陸から輸入された明の器が使われていた形跡も残っている。

石見国の西方、高津川の河口域には中須湊がある。石見国西部は、鎌倉時代より益田氏が本拠として勢力を広げている。海洋的領主として海外貿易にも携わっており、中須湊は大森銀山と博多との中間に位置するため、博多商人との縁も深い。その益田氏も二年前、毛利に降り、石見国の情勢は尼子対毛利の対立が激しくなっていた。

「規模の割にあがりが少ないな」

神屋紹策は中須湊の小店の奥部屋で帳面を繰りながら溜息をついた。眺めているのは大森銀山での収支報告である。銀山に住まう人の数は、今なお増え続けているものの、そこから上がる利益は思うほどには増えていない。いや、理由は判っている。尼子と毛利の対立が激しくなっているからだ。

今、大森銀山は尼子の勢力圏にある。しかし、生産される銀は主に博多湊へ運ばれて、大陸との商売に用いられる。銀山より西、中須湊や博多湊は毛利の勢力圏である。博多商人としての通行旗を翳せば、尼子、毛利といった地方領主の兵は手出しできないが、それでも、関所を行き来する荷に対して、毛利方も尼子方も黙って通す訳にもいかない。各所に関所を設け、高い通行税を課す。審査に時間を掛けて足止めされる、などの嫌がらせも続いている。また、尼子に親しい商人も銀山に出入りし、商人同士の競争も激しくなっている。これまで独自の手腕で銀山を経営してきた神屋にとっては、何らかの手立てを打つ必要があった。

暫くして、襖の外から声が掛かった。何だ、と問うと、急ぎの知らせがあるという。

「入れ」

帳面を閉じながら答えると、血相を変えた小男が右手をついて屈んでいた。男には見覚えがあった。大森銀山の出役として派遣している金吾が、下人として雇っていた小男だ。

「一大事で御座います。旦那様」

続けて放たれた小男の言葉に、驚愕した。

「大森銀山の銀山街、仙ノ山山頂にある工房群、その全てが取り壊されました」

一瞬、理解が伴わなかった。幾ばくかの時が過ぎ、その意味を理解した時、最初に湧き起こった感情は激怒だった。

「それは真実か？　誰がそのようなことを！」

そこまで口にして気が付いた。現状、大森銀山を有しているのは尼子家に属する本城常光。ならば、そこに危害を加えるのは……。

「毛利か！　そのような愚かな所業を行ったのは！」

脳裏に三年前の仙ノ山での光景が浮かび上がった。小隊を率いて山吹城へと兵糧を運びいれようと苦難していた男。その鋭い眼光を。

「あ奴を助けるのではなかった」

後悔が胸の奥から溢れるように拡がった。暫く何も言えず、天を仰いだまま眼をつむっていた。心の平静をどうにか取り戻し、それでようやく口を開いた。

「その時の経緯、様相を教えてくれぬか」

永禄二年（一五五九）、毛利は大森銀山攻略に向けて兵を発した。総勢一万四千の大軍である。途上、温湯城に籠る小笠原長雄を降し、補給路を整え、万全の態勢で山吹城へと向かった。三年前の銀山攻略戦での敗戦から、毛利軍は最も効果的な兵の配置を考えていた。すなわち、仙ノ山山頂への布陣である。仙ノ山は山吹城に隣接し、しかも山吹城よりも標高が高い。山吹城城内を見下ろし、その様子が手に取るように判るとともに、立ち並ぶ工房のために平らに均された仙ノ山は、兵を配置するにも、防御陣を構築するにも、最適の場所であった。

この毛利の策は、山吹城の本城常光も銀山街の人々にも想像の外にあり、仙ノ山の占拠はほとんど抵抗なく行われた。短期間で山頂の家屋類は取り壊され、山吹城を見下ろす城が出来上がり、毛利の一文字三星の旗がはためいた。元就は仙ノ山の城に入城し、勝利を確信したという。直ちに総攻めが指示され、山吹城攻略戦が始まった。

だが山吹城を守る本城常光の抵抗は頑強で落とすことができなかった。また尼子晴久率いる救援軍の到来は素早く、毛利方の勝機は瞬く間に失せて行った。

毛利元就は退却を決意した。毛利兵は背後を突かれぬよう静かに、ゆっくりと仙ノ山を降り始めた。仙ノ山の西方へ、矢滝城へと続く鞍部、降露坂と呼ばれる緩やかな下り坂に差し掛かった時、尼子軍は一斉に毛利軍へと襲いかかった。兵法の中で退却は最も難しいとされる。追ってくる敵に背を見せることは、一兵卒は元より、歴戦の将であっても不安と緊張を強いる。鳥の羽音にさえ怯え、陣形を崩す程である。そのため、毛利軍は尼子の襲撃に備え、あえてゆっくりと行軍していた。しかし、降露坂の下りは緩やかであり、兵たちは無意識のうちに歩速が速まり、前のめりに退却を急いでいた。そのため、尼子軍の襲撃に、毛利の兵たちは反撃するよりも先に、逃げることを選んだ。元就の思惑と異なり、毛利軍の陣は一瞬で崩壊。渡辺通ら七騎が元就の身代わりとなって、命からがらに逃げ去るという失態を演じることとなった。後に『降露坂の戦い』と呼ばれる銀山争奪戦の、毛利にとっては二度目の大敗であった。

「そうか、毛利は工房街に手を掛けてでも銀山を手に入れようとし、それすらも叶わなかったのか……」

自業自得だ、と思わぬでもなかったが、先ず思ったのは銀山の再建のことだ。

「そのことなのですが……」

小男は控え目に口を挟んだ。

「毛利軍は撤退前に少なからぬ金子を銀山に残して行きました。銀山の再建へ用いよ、とのことでして」

「……」

「また、銀山の職人、住民には一切の人死には出ておりません。皆を追い払った上で、工房などの建物を打ち壊し、曲輪を整えたとのことです」

毛利元就という男をどう評価するか。それが判らなくなった。誰かの意見を聞いてみたいと思い、一人の男の顔を思い出した。銀山へ出役していた小太りの男だ。

「そうだ、金吾だ。金吾はどうしたのだ？」

「……金吾殿は温泉津湊で臥せっておられます。毛利軍の仙ノ山占拠の時、最後まで抵抗しておられました。その際に槍で打たれたのです」

命に係る状況ではないが、一月は安静が必要だという。紹策は、ふうと一息吐いた。金吾の状況には安堵したが、しかし今後の方策を思案するにはもう少し情報が必要だった。

「御主人様、お客様が見えております。いかがいたしましょうか」

襖の外から声がかかる。このような時にと不満を覚えぬでもないが、小者相手とはいえ相談中に割り入るならば、重要な人物が来訪したのだろう。

「客とは誰だ？」

「益田藤兼様です」

ここ中須湊を治めているのは益田氏であり、益田藤兼は益田氏の現当主である。その当主自らが訪れたのであれば、粗略に扱う訳にはいかない。

「分かった、ここへお通しせよ」

益田氏は毛利方である。銀山街を打ち壊した毛利には怒りを感じるが、それは個人の感情である。実際のところ、商人としてはより多くの領主と良好な関係を保ち、幅広い商いを行うべきだ。しかも、銀山と博多の中継港ともいえる中須湊の立地を考えると、益田氏との関係も強化しておく必要がある。

そのようなことをつらつらと考えていると、小者が退出し、入れ替わるように二人の男が部屋に入ってきた。

「お久しぶりで御座います。益田藤兼でございます。本日は急な訪問にも関わらず、お時間を頂きまして申し訳ありません」

「いえいえ。こちらこそ、中須湊へ参りましたのに、挨拶も致しませんで」

そこまで言って、益田藤兼とともに来訪した男へと視線が動いた。身形からひとかどの武将であろうとあたりはつくが、これまでに会ったことはない人物だ。いや、会ったことはないが、見たことがある気がする。

「そちらの御方はどなたでございましょうか？」

紹策が問いかけると、益田藤兼は一歩引き、男は紹策の前へと進み出た。

「お初に御目に掛かります。私は毛利元就が一子、吉川元春と申します」

一目見て気付いた。男の顔に見覚えがある。三年前の記憶だ。山吹城への兵糧入れのために決死隊を率い、尼子陣の突破を図った男だ。

「まさか、山吹城で見た、あの時の男、いや御方が高名な吉川元春殿であったとは」

「その節には御助力頂きましてありがとう御座いました。御蔭様で、こうして礼をさせて頂くことができます」

「いや、そのようなお気づかいは……。そもそも、私は大したこともしておりませぬ」

神屋紹策は驚き、困惑していた。目の前の男の正体にではない。三年前、山吹城への兵糧入れの決死隊。それを率いていたのが、吉川元春であったという事実にだ。吉川元春は毛利元就の次男。名門吉川家の養子となり、現在の当主である。毛利家においても山陰戦線を任されている、事実上の大将である。それだけの大物が、あの時、たった二十名の決死隊を直接率いていたことになる。

「ともかく、お座りください。今、店の者に茶など用意させます。少しばかり、お話を伺ってもよろしいでしょうか」

神屋紹策は客間に招いた益田藤兼と吉川元春と対面していた。

「なかなか、良い香りの茶でございますな」

「先日、明から届いたものです。香りもですが、味も中々のものでございますよ」

紹策は今回の吉川元春の突然の来訪の、その思惑を測りかねていた。つい先ほど、降露坂の戦いの経緯を耳にしたところだ。銀山に攻め入った毛利が、銀山を管理している神屋家に対して、何の話があるというのか。

「まずはお詫びをさせて頂きたい。既にお聞き及びのこととは思いますが、先の大森銀山での戦のことでございます。戦のためとはいえ、銀山の工房や町々について、手を出したこと、申し訳なく思うております。本来であれば、銀山を管轄しておられる神屋殿へ事前に御伺いを立てるべきとも思いましたが、作戦上、尼子勢に気付かれることを恐れた故でございまして」

「つまり、悪いと判っていて行ったということか」

そう意地悪く口に出してみる。

「それにつきましては返す言葉もありませぬ。しかし、大森銀山は元々大内家が開いたもの。そして我ら毛利家は永く大内家へ従っておりました。その後、大内家を裏切り滅ぼした陶晴賢を討ち滅ぼし、毛利はその志を引き継いでいると自負しております。我ら毛利が大森銀山を取り戻したいとの大望を立てるのは当然ではありませぬか」

「望みを立てることと、罪のない銀山の人々を追い立て家屋を打ち壊す所業とは、何の関わりもないではありませぬか」

「その通りでございます。しかし、我らは銀山で暮らす人々の将来のためと思い、尼子勢と戦ったのです。尼子による銀山支配の状況を、神屋殿はどう思われておりますか」

大森銀山は大内が開山し、その後、尼子との争奪戦が繰り広げられている。取られては奪い返すという戦が、三十年近く続いている。大内や尼子は銀山経営に直接関わることはないが、そこから生産される銀に対して運上金を要求している。

大内は元々、神屋家とともに銀山を開いた領主である。銀山に課す運上金は坑夫や銀吹師など、銀山に住まう人々の生活を考え、生産高に合わせて徴収するのが常であった。しかし、尼子は異なる。戦により自らの力で手に入れたと思いあがり、そこに住まう人々への思いやりが欠けていた。戦費調達のために無理な運上金を要求し、銀山内の様々な揉め事には立ち入らず、雑務調整も行わない。街の人々の生活は日々苦しくなっているという。また、大内、毛利と繋がりの深い、神屋を排除する動きさえ見せ、尼子に近しい商人の出入りが増えている。

「大森銀山を毛利が有することが、銀山街に生きる人々にとって益になる。そう申すのだな」

「我が父、元就公は『百万一心』を志とし、領内の経営を進めております。庶民を大事にし、領民とも心を同じくし、泰平の世を現すために、日々、汗を流しておるのです」

「神屋殿、私からもお願いいたします」

それまで隣で二人の話を聞いていた益田藤兼が口を開いた。

「御承知のとおり、陶晴賢が大内義隆を謀殺し、大内家の実権を握った後、毛利元就殿はこれに抗し、厳島での決戦に勝利し、陶を打ち破りました。この時、我々益田家は陶方に属し、毛利家とは敵対しておりました。しかし我が一族は許され、領土を安堵された上、こうして大きな仕事も任されておりまする。それもこれも、元就殿の懐の深さゆえ、でございます。神屋殿の心配も尤もと思いますが、どうか、御力添え願えませぬでしょうか？」

「……」

紹策は言葉を発せず、ただ、眼の前の二人を見比べた。益田藤兼は真剣にこちらの様子を窺い、吉川元春は睨みつけるような強い眼光で佇んでいる。三年前の戦場でも見たその眼光、一条の光だ。あの時、少なくとも吉川元春は城内の兵を生かすためにこそ、命を掛けて戦っていた。

「判りました。貴方方を信じることといたしましょう。では、詳しいお話をお伺いできますでしょうか」

そう言って、神屋紹策は改めて居住まいを正した。吉川元春と益田藤兼は互いに目線で頷き合って、やはり同じように姿勢を正した。元春が前のめりになるほど、熱っぽい感情を込めて語りかけた。

「単刀直入にお願いいたします。山吹城を落とすこと、大森銀山を手に入れること。この二つの大望を毛利が叶えまするよう、神屋紹策殿に協力を願えませぬか」

その言葉を、紹策は予測していた。

「我らは商人です。我が神屋家が毛利に与力することで、我らにとってどのような益があるのでしょうか」

「効率的に交易を行うには、できるだけ広い範囲を一人の領主が治めている方が都合が良いはずです」

戦国の時代、大名間の領土の境には関所が備えられ、流通を阻害する要因となっている。

「その一つの領主が毛利だと？」

「当然、商人にとっては毛利でも尼子でも良いでしょう。しかし、これまでの神屋への尼子の扱いを見れば、どちらが貴方方にとって良い選択か、明らかではありますまいか」

「……」

「さらに、我が領内で新たな銀鉱脈が見つかっておりまする。我らは所詮、武人であり、銀山経営のなんたるかは判りかねます。したがって、こちらの管理も、是非、神屋殿にお願いいいたしたく存じます」

新たな銀山、と口の中で繰り返した。その噂は以前からあったが、実在すると耳に入ったのはこれが初めてである。

「お願いできましょうか？」

「……」

紹策は空を見上げるように天を仰ぎ、眼を閉じた。そうして、これまで知っていることを、聞いたことを、己の眼で見てきたことを、もう一度思い返し、熟考する。閉じた目の裏に、一筋の光が射し、眼を開けた。刻はそれほど掛らなかったはずだ。

「解りました、私、神屋紹策は毛利殿の御味方をいたしましょう」

おおっ、と吉川元春と益田藤兼とは喜色を浮かべる。「ただ」、と紹策は二人を制すように言葉を続ける。

「これは私一人の判断です。神屋家全体の意向では御座いませぬ。私の考えを述べさせていただき、我が家の商売に影響のない範囲で協力させていただく。それでよろしいか」


永禄五年（一五六二）、毛利元就は三度目の大森銀山攻略のために兵を発した。だが、その進路は直接、山吹城に向かったものではなかった。

永禄四年（一五六一）十一月、石見の福屋氏が毛利より離反、尼子の兵を引き入れて吉川経安が治める福光城を攻め立てた。吉川経安はこの攻撃を耐え抜き落城は免れたが、福屋氏の離反は毛利家を大きく動揺させた。毛利元就は雲芸和議により尼子家と休戦し、翌年二月、福屋討伐を名目に兵を集めて出師した。総勢、一万八千の大軍である。福屋隆任が籠る河上松山城を降すと、福屋隆兼は拠点としていた本明城を脱出。福屋氏は石見国からその勢力を失うこととなった。毛利軍はさらに温泉城を攻め立て、銀山の積み出し港である鞆ヶ浦を支配していた温泉氏を排除した。そしてその余勢を駆って、同年六月、山吹城の本城常光を包囲したのだ。

この時点での毛利軍の来襲を、本城常光は全く想定していなかった。毛利軍の進軍は素早く、瞬く間に山吹城の包囲を完遂した。全く籠城戦の準備ができていなかった山吹城は、籠城十日目には城内の糧食が尽きかけた。毛利は本城常光に対し、包囲直後から降伏勧告の使者を出した。

本城常光にとっての不利は重なる。尼子に属する温泉氏への攻撃により雲芸和議は破約されていたが、尼子からの援軍は差し向けられなかった。連年の石見攻防戦で兵を消耗していたこと、さらに前年一月には尼子晴久が没し、跡を継いだ尼子義久は暗愚の評が高く、その統治は乱れていた。

山吹城を包囲して二十日目、本城常光は毛利に降伏した。本領安堵、すなわち山吹城を本城常光の管轄下として残すことを条件に、毛利家はついに山吹城を、そして大森銀山を手に入れたのだ。

そしてその後、毛利家は関ヶ原の戦いまでの三十八年間、大森銀山を手放すことなく安定した治世を、そして銀山経営を行った。

「私は商人です。したがって兵法のことは判りません。しかし、一つ言えることは、山吹城は兵糧攻めが容易な城だということです」

「兵糧攻めが容易な城、とは？」

「縄張りが狭く包囲し易い城や、連峰で搦め手が山塊に繋がり包囲し難い城などはありますが、兵糧攻めし易い城などというのは聞いたことがありませんが……」

吉川元春と益田藤兼の二人は首を傾げる。中須湊の小店で、三人は向かい合っている。確かに、と頷いてから神屋紹策は言葉を続ける。

「山吹城は特殊な城です。すぐ近くに仙ノ山が、すなわち万を超える人口を抱える大森銀山があるのですから」

紹策の説明は次のようなものだ。大森銀山は銀の採掘や精錬、それに関する多くの人々が居住しており、米を始めとする食料は域内の石見国の生産量では足りず、常に他国より輸入しなければならない。その中で、銀山に隣接する山吹城は長期の籠城を想定し兵糧を備蓄しており、一種の米蔵ともいえる。しかし籠城の想定兵数は千を超えず、備蓄量は大森銀山の莫大な消費量を考えればそう多くない。

さて、ここで何らかの理由で大森銀山への米の輸送が途絶えたらどうなるか？　いや、例えば搬入が遅れるという噂が拡がるだけでもどうなるか。銀山内の米価格は急激に高騰する。この時、籠城戦用の米を抱えた山吹城はどう動くか？　近隣勢力が攻め込んでくる気配がないならば、この機会に高値で米を売れば大きな儲けが期待できる。さらに、いよいよ銀山内の米が不足してくると、形の上とはいえ山吹城城主は銀山を領有し管理しているという形式があるのだから、城内の米を放出するほかなくなる。

すなわち、商人が少しばかりの工夫を行えば、銀山での米価格は高騰し、山吹城内の米を吐き出させることが可能なのだ。

「その時を狙い、山吹城を包囲すればよいのです。その程度の米流通の差配は協力いたしましょう。城内の兵糧が少なければ、短期間でも兵糧攻めで山吹城を落とすことができましょう」

なるほど、と二人は感心したように頷く。

「しかし、本城に近々戦がないと思わせながら、山吹城を短期間に包囲するというのは、なかなか難しいと思うのだが」

「そこは兵法や政略に類するものですので、私からは案がございません。元春殿が御考えください」

ふうむ、と元春は腕を組んで黙り込んだ。

「続いての点として、銀山内の人々の協力を取り付ける必要があります」

「うむ、銀山界隈との信頼関係を築け、ということだな」

「そのとおりです。今の山吹城主本城常光は、銀山の住人を通常の自領の領民として扱っています。しかし銀山は本来、博多や堺と同じく商人が開いた自由都市なのです。

そして、彼らは地方領主の責により損をすることを何よりも嫌います」

「商人の町……自由都市……、地方領主の責による損、か。分からぬでもないが、具体的にはどういうことだ？」

「銀山内の人々が自由に活動することを支援する、というよりは、彼らの活動を阻害しないことです。我ら商売人を例に致しましょう。手元に大量の米があるとします。隣国で戦がありますと、隣国の領主は兵糧を集めるため米の価格が高騰いたします。その時、地元の湊を領主が封鎖しておればどうでしょうか。手元に米があり、隣国へ運べば大儲けができる。にもかかわらず、領主が湊を封鎖しているがために、米を運ぶことができず、商機を逸した」

「なるほど、その商人は領主のせいで儲けを失い、その領主を怨むことになる……か」

「さようでございます。街道や湊の整備、治安の維持なども同様でしょう」

「地道な話だな」

「そうですね。信頼関係は一朝一夕には築けませせぬゆえ」

後に毛利元就は、大森銀山からの積み出し港を鞆ヶ浦から温泉津沖泊へと変更し、街道を整備した。湊としての規模の大きい沖泊を積み出し港とすることで、大森銀山はさらなる活況を呈することとなる。

「最後にもう一つ助言を。山吹城を攻め落とし、銀山街との信頼関係を築けましたら、その事を内外に示すことです」

「信頼関係を示す？　それはどのように？」

「簡単なことです。例えば銀山街の職人を毛利軍に組み込めば良いのです。簡単で判りやすいのは、間歩で銀鉱石を掘っている掘子でしょうね。彼らを工兵として雇い入れ、城攻めで用いればよいでしょう。土塁を崩すのも良し、塹壕を掘るのもよいでしょう。ただし、人死にが出ないのが条件となりますが」

「なるほど、銀山の側からも毛利家へ支援しているという姿を見せるのだな。毛利と銀山との強固な信頼関係を示せば、他家が銀山攻略に乗り出す隙を見出せなくなる」

「さようでございます。それに対外的な効果だけでなく、内側への効果もあります

「内側、とは？」

「銀山は多くの人々が集まっております。その運営は毛利殿の家臣団のように一枚岩ではありませぬ。間歩を所有し掘子を雇う銀山師、銀鉱石を買い取り銀を精錬する銀吹師、工具を加工する鍛冶師を纏める者、そして我ら商人。それぞれの有力者が集まり、重要なことは合議で決めております。毛利家が山吹城を領有すれば、彼らは毛利家へ従うでしょう。ただ、それは表向きのみです。そこで日雇いの掘子とはいえ、銀山の姿勢を対外的に示せば、彼らの姿勢も自ずと毛利家へ寄り添っていくことになるでしょう」

もちろん信頼関係の構築が前提になりますが、と確認するように念を押す。

「大森銀山に関して、私の考えは以上にございます」

「なるほど、神屋殿のご助言、有りがたく聞かせて頂いた。我らには思いもよらぬことばかりだ。早速、大殿に助言し動き始めるとしよう」

「神屋殿、急な訪問にも関わらず、御手間をとりまして申し訳ございませんでした。この度の礼でございますが」

益田藤兼が懐に手を入れると、ずしりと重い程の革袋を取りだした。それを二つ、三つと並べる。中身は明の銅銭であるという。

「本日の話、できれば御内密に願います。それと新たな銀山のことですが……」

紹策は目の前で手を拡げてみせて、続く言葉を遮った。

「たかが一商人の思い付きの言葉。どれほどの重みがありましょうか。これでも十分以上の礼でございますよ」

そう言って革袋を一つ取ると、残りを押しだすようにして返す。

しかし、と困惑する藤兼に、吉川元春は肩に手を置いて代弁する。

「神屋殿は頭の良い御方だ。我ら毛利家が神屋殿の助言を活かし大森銀山を手に入れることが出来るかどうか、判じておられるのでしょう。ならば我らも神屋殿の期待に応え、今後の話はその次と致しましょう」

それに、と言葉を続ける。

「残りの礼物分は銀山街の再建に回したいと思いまする。それでよろしいでしょうか」

「なるほど。早速、私との信頼関係を強固にしようと図っておられますな」

神屋紹策と吉川元春、言って二人で小さく笑い、やがて大きく声を出して笑い合った。益田藤兼一人が、二人を見比べながら困惑するばかりであった。


神屋紹策は山間の小さな集落を訪れていた。同行は大森銀山の出役である金吾と、銀山で間歩を経営する銀山師の一人のみである。金吾は相変わらずでっぷりと腹肥えた身形で、僅かばかり右足を引きずり、難儀して緩やかな坂を登る。

「無理をせずとも良いのだぞ」

「いえいえ、銀山のことであれば自分の目で確かめなければ気が済みませぬ」

息を切らしながらも、泣き言も口にせず険しい山道を登ってきた。

「しかしこれほど離れた場所に、大森と同じ程の銀山があるのでしょうか？」

「話は聞いているが、確証は持てないな。しかし、吉川殿より直接の声がかかり、ということもある。全く根拠もないということもないだろう」

神屋紹策が中須湊で吉川元春と出会ってから五年が経過していた。毛利元就が山吹城を落とし、大森銀山を手に入れてから二年が経過している。前年には、大森銀山の掘子が参加した白鹿城の合戦が行われている。

　山吹城城主として本領安堵された本城常光は、半年も経たない内に毛利元就に謀殺され、山吹城は吉川元春の家臣、森脇市郎左衛門に任されることとなった。本城常光謀殺の一件に出雲国の領主は動揺し、毛利に従っていた多くの領主が尼子へと鞍替えした。しかし、石見の諸将は毛利より離反する者は皆無であり、毛利との信頼関係が伺える。

　毛利による石見国支配、そして銀山での信頼構築は紹策が想像していたより遙かに早く達せられていた。山吹城の陥落から白鹿城に掘子を派遣するまで、たった一年二箇月である。新しい湊の建設、積み出し港の温泉津湊への移転も着実に進みつつある。

　その経緯を確認しての、今回の神屋紹策の訪問である。招待したのは吉川元春、そして益田藤兼の連名である。

　獣道と変らぬ細い道を抜けると僅かばかりの広場に出て、そこに複数の人影を認めた。紹策にも見覚えのある顔がある。

「神屋殿。よくぞここまでいらしていただきました」

大声で迎えたのは益田藤兼である。

「お久しゅうございます。尼子攻略戦で益田殿も武勲を挙げられたとのこと、私どもも耳にしております」

「私など大したことはしておりませぬ。尼子との戦は総指揮官である吉川殿の指示に従っておるだけ。あの方の冷静沈着で堅実な指揮があってこその戦果でございますよ」

「そう、そういえば吉川殿の姿が見えませぬな」

益田藤兼とともに待っていたのは五人程。その内、二人程は従者であり、益田藤兼の両脇に並んでいる人物は初めて見る顔であった。その内、二十歳前後の青年が頭を下げて挨拶する。

「初めてお目にかかります。私は吉川元春が一子、吉川元資と申します。神屋殿には石見攻略において多大なる御協力を頂いたと、父から聞いております。父に成り代わり、御礼申し上げます」

「ほう、吉川殿のご子息であったか。確かに眼元あたり、元春殿に良く似ておる。父、元春殿は息災か」

「はい、父は今、月山富田城攻略から手を離すことができず、申し訳ありません。本日は私が名代として参りました」

所謂、第二次月山富田城合戦は山吹城攻略直後の永禄五年（一五六二）より始まっており、吉川元春は出雲諸城の攻略に東奔西走している。月山富田城の陥落、尼子氏の滅亡は永禄九年（一五六六）のことである。

「ふむ、度胸の坐った良い眼をしている。吉川殿も、良い跡継ぎを持ったな」

そしてもう一人、四十代半ばの男が紹策の前へと進み出た。

「私は、ここ出羽郷を治めております、出羽元祐と申します。今後とも、よろしくお願いいたします」

そう名乗ったのは線が細く誠実そうな男だ。二ツ山城を居城とし、長く毛利家に仕えている出羽氏の当主である。

「出羽郷ということは、ここに未開の銀山が眠っていると」

はい、と真っ先に応えたのは一番若い吉川元資である。

「大森銀山での経営手腕を考慮して、ここ、新しい銀山開発を任せられる方は神屋紹策殿を置いて他に並ぶ者はいない、と大殿は常に申しております」

若く張り切った声に、その大仰な物言いに、その場に居合わせた者皆、忍び笑いを洩らす。

「それはまた、大きな期待を背負わされたものだ。その期待に応えるためにも、早速現地を案内してもらえないだろうか」

では、と出羽元祐が先導する。一団となって山裾へと歩を進めると、僅かの距離でその場へと到着した。

「ここですか」

山裾は崖となっており、その麓には草木の除かれた試掘の跡がある。

「こちらです。どうか確認を」

金吾は紹策の目配せを受け、さらに連れてきた銀山師の男を呼ぶ。男は試掘跡へと眼を遣り、岩肌を手でなぞる。徐に懐から鉄槌を取り出すと、岩肌へと叩きつけた。

キィーン、と甲高い音が谷間に鳴り響く。岩肌からは眩いばかりの光閃が輝く。零れ落ちた石を掌で受け止めると、陽光を弾くように輝きを増す。

「確かに、銀鉱石です。それも、大森銀山に負けぬほど、質も良いと思われます」

おおっ、とどよめきと感嘆の声が漏れる。金吾が真っ先に岩肌の割れ目へと駆け寄った。崖側の砕けた岩も同じように光を反射している。そして銀鉱石に特徴的な岩肌が、崖に沿って伸びているのが見てとれる。

「確かに、これは銀鉱石。これだけの規模があれば、十分に経営もできましょう。いや、素晴らしい。こんな処にお宝が眠っていたとは」

紹策はぐるりと辺りを見渡す。谷間とはいえ、この銀鉱山は仙ノ山のほどに比高はなく、陽光が薄い林をすり抜けて周囲を照らしている。谷間は広く、工房を建てる十分な土地がある。出羽郷の一部であるこの土地は既に毛利の領土となって長い。戦乱を気にする必要はなく、効率的に工房を配置できるはずだ。

「ところで、この土地は何というところですか」

紹策の問いかけに、一際大きな声で応えたのは、吉川元資である。

「はい、この土地は、久喜と呼ばれる土地です」

若さに先を越され、苦笑しつつ出羽元祐が言葉を繋げる。

「毛利元就殿の居城、吉田郡山城から私が治めておりまする出羽郷へと至る街道、安芸国と石見国のその境にあたりまする」

「それはまた、要衝ですな」

紹策は声を立てずに笑った。毛利があれほど切望し、仙ノ山の工房を破壊してまで決死の攻略を続けていた銀山が、これほど毛利の本領近くに眠っていたのだ。

「世の中、上手くいかないものだな……」

紹策の皮肉の声は、吐き出すことなく、口の中へと飲み込んだ。

「それで、いかがでしょうか、神屋殿。以前の約束のとおり、この銀山の経営を請け負っていただけないでしょうか」

おずおずと益田藤兼が問いかけた。以前の約束とは、五年前、中須湊でのことである。

神屋紹策は居並んだ人々を見渡した。腰を低く、紹策の返答を待っているのは益田藤兼。反対に恐れも知らず、勝ち気に見上げてくるのは吉川元資だ。案内人である出羽元祐は紹策の返答を洩らさず聞き取ろうと真摯に視線を向けている。そして、金吾はすでにこの銀山をどう経営していくか、楽しそうに頭の中で図面を引いているようだ。

心の内で忍び笑いを洩らす。自分の心の内も同じだった。既に、山の斜面には間歩を出入りする掘子が、谷間に立ち並ぶ銀吹師の工房が、行き交う人々の姿が、目の前に浮かんでくるようだ。

「分かりました。以前の御約束、果たさせていただきます。この銀山の経営について、不肖ながら私、神屋紹策が請け負わせていただくこととします」

おおっ、と歓声が沸き起こる。

「それでは旦那様。銀山の名はどういたしますか」

喜びに顔を紅潮させながら金吾が聞いてきた。

「銀山の名、ですか？」

吉川元資が不思議そうに首を傾けている。

「この土地の名は久喜でございます。この地の名を取って、久喜銀山で良いのではありませんか？」

「人の口に戸は立てられませぬ。この場所が早々に漏れると、色々と不都合があるのですよ」

銀山開発は資金や人手の確保など、長い準備期間が必要となる。その間、他の銀山や街、湊などで相談する際に、その情報が何処から何処へと漏れるかは分からない。そこで、もし地名を冠した新しい鉱山の情報が漏れれば、地名を頼りに未開の鉱山を探り当てられ、余計な横やりが入る可能性がある。それを防ぐために、銀山には土地の名とは異なった名前を付ける慣行がある。現に、大森銀山が所在する土地は佐摩郷である。そういったことを、金吾は若い元資にくどくどと説明した。

眼を輝かせ、素直に頷く元資の姿が微笑ましく映る。金吾のもったいぶった説明が終わったところで、よし、と声をあげた。神屋紹策の元へ皆の視線が集まった。

「よし。これより先、この新しき銀山で、多くの者が働き、暮らし、幾つもの世代を超えて行くことだろう。それは、大森銀山にも負けぬ、恵みを我らにもたらすことになろう」

紹策は、僅かばかり息を吸って皆を見渡した。

「この銀山は、大林銀山と名付けることとする」


大森銀山と大林銀山、二つの銀山は毛利の治世下で大いに賑わうことになる。

神屋紹策の子、神屋宗湛はさらに銀山経営を発展させ、博多三傑と呼ばれるほどの大商人に成長した。豊臣秀吉の九州平定、朝鮮出兵にも資金面の援助、後方兵站の補給役を務め、莫大な富を得たと伝わる。

その後、江戸の御代に移ると全国の鉱山は天領となり、銀山は幕府の財政を支えることとなった。銀の採掘は明治初期まで続くこととなる。

毛利元就による大森銀山攻略戦

毛利元就による大森銀山攻略戦は三度に渡って行われました。（この場合、大内義隆揮下での戦は除きます。本文では便宜上、それぞれ第一次、第二次、第三次大森銀山攻略戦と記します）それぞれの戦い方は、毛利家の勢力や石見国内の情勢と大きく関連しているので、これを比較しながら見ていきたいと思います。

第一次銀山攻略は弘治二年（一五五六）三月。これは、毛利元就が陶晴賢を破った厳島の合戦の直後となります。（厳島合戦は弘治元年（一五五五）十月）

この直前、石見国の状況を見ると大内家の勢力下一色となっています。天文二十年（一五五一）の大寧寺の変により大内義隆を自害させた陶晴賢は、北九州の大名である大友氏より晴英を呼び寄せ、大内義長と改名させて大内氏の後継とします。これは即ち、山口と北九州が一つとなった大勢力が誕生することと同意です。その影響力は石見国ま

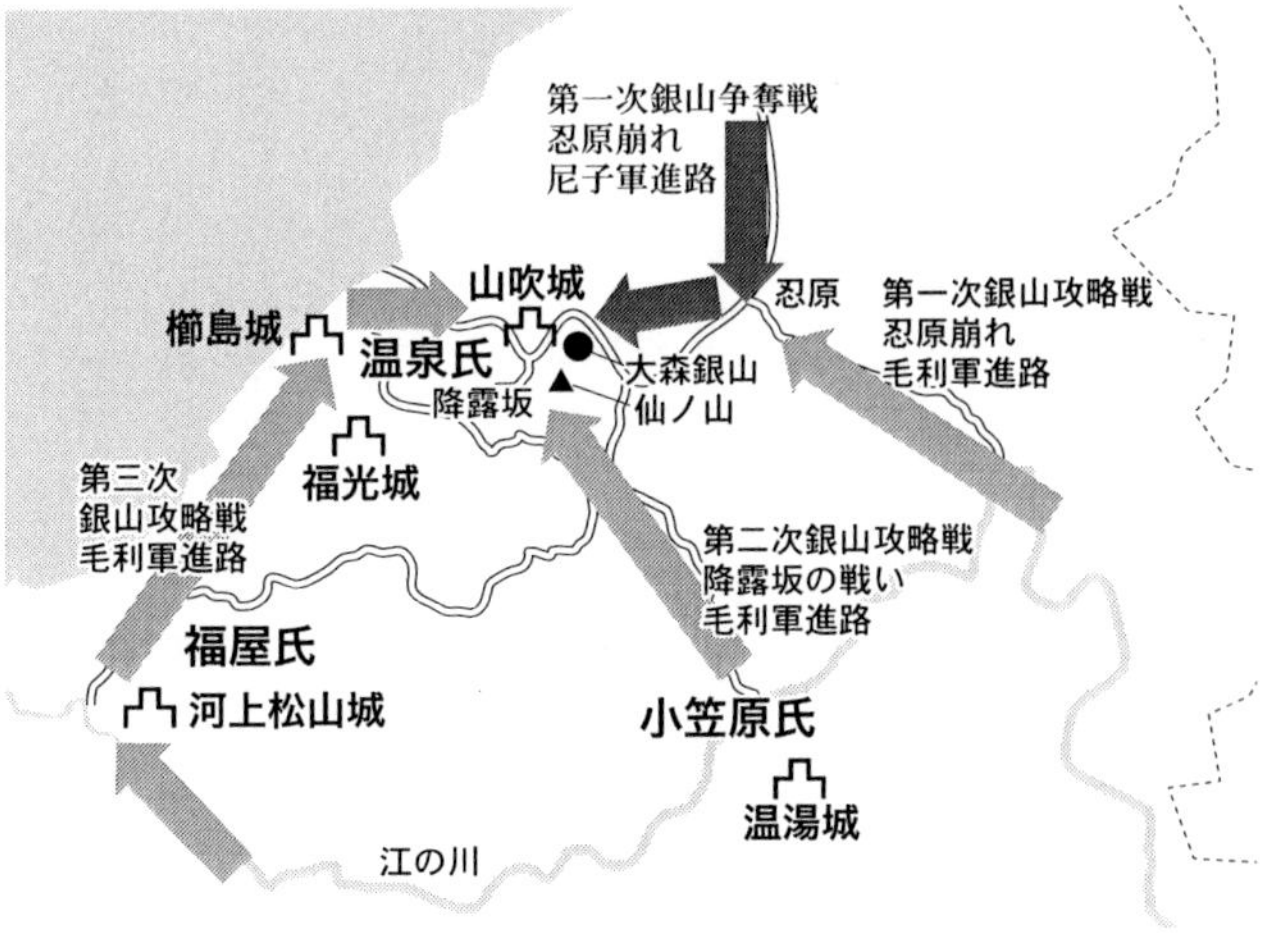

図7　大森銀山攻略戦経路（推定）

で押寄せ、大森銀山以西の石見国は全て大内氏に組み込まれていました。陶晴賢は山吹城を攻め立て小笠原氏を降すと、その一族である刺賀長信を城主に立てています。

そして弘治元年（一五五五）十月の厳島の合戦で陶晴賢が毛利元就に敗れ、自刃します。この後、元就の防長攻略は且山城において大内義長を自害に追い込む弘治三年（一五五七）四月まで続くこととなります。が、その間、石見国の諸領主はひどく不安定な状態に置かれることとなりました。陶晴賢頼みであった大内義長の権勢は凋落する一方です。毛利元就は陶晴賢を倒したとはいえ、安芸一国を治める程度の勢力であり、石見国諸領主が頼りにできる程の勢力ではありません。尼子家は益田藤兼を通じて陶晴賢（大内氏）と同盟し、石見のことは大内に委ね、備前方面へと兵を進めていました。

この状況下、山吹城の刺賀長信へ最初に手を伸ばしたのは毛利元就です。吉川元春らを派遣し刺賀長信を降伏させると、大森銀山は毛利が領有することとなりました。しかし、この動きに尼子晴久は即座に反応、二万五千の兵を石見へと派遣します。尼子としては「大内とは同盟をしているが、毛利の手に渡ったならば大森銀山に攻め入っても問題あるまい」という感じでしょうか。尼子の派兵に対し、毛利も援軍を発します。小笠原氏ら石見国諸領主は戦いの趨勢を見定めることとし、中立の立場で尼子と毛利の戦の結果を見定めることにしたようです。

毛利軍は安芸国三次から江の川沿いに北上、尼子軍は山陰街道を西行したのち現大田市街近辺から忍原川沿いに南下。ついに大森銀山東方の忍原において、尼子軍、毛利軍が対峙し、ここで第一次大森銀山攻略戦が行われることになります。

尼子晴久は、この時点で出雲、隠岐、伯耆、因幡、美作、備前、備中、備後といった八箇国を有する大大名です。勢力圏は安芸一国がやっとの毛利元就にとって、この戦いは大きな賭けでした。迫りくる尼子軍を撃退し、山吹城を守り切ることができれば、銀山以西の石見国の領主たちを一気に毛利方に引き入れることが可能であったと考えられます。

しかし、結果は毛利軍の敗北。忍原において尼子軍に散々に打ち負かされ、山吹城は落城します。大森銀山は尼子家が領有することとなり、山吹城には本城常光が入城しました。

この結果、石見国は尼子方と毛利方の狭間で揺らぎ、石見の領主たちは不安定な状況に追い込まれます。領主それぞれが尼子、毛利と連絡を取り合い、趨勢を計りつつ、石見国内での小競り合いも頻発する状況となりました。

次の大森銀山攻略戦に向けて、毛利元就は時間を掛けて準備を進めることとしました。先の合戦とは異なり本城常光が籠る山吹城を攻略する必要があるため、補給も含め十全な攻城作戦を立てる必要があります。元就は弘治三年（一五五七）には防長平定を成し遂げ、吉見氏を傘下に組み入れ、益田氏を降し、永禄二年（一五五九）には温湯城に籠る小笠原氏を降し、大森銀山より西の石見国をほぼ平定しました。この間に毛利家は、安芸、石見、周防、長門四箇国を治める大名へと成長したのです。そして、満を持して山吹城へ向けて兵を発しました。これに対抗するように尼子晴久も山吹城へと救援兵を送ります。永禄二年（一五五九）九月、山吹城を挟んで毛利軍と尼子軍が対峙し、第二次大森銀山攻略戦が開始されました。

しかし、結果として毛利軍は山吹城を陥落することはできず、降露坂にて退却中に大敗することとなりました。元就としては、単に兵力を集めるだけでは山吹城を陥落させることができないこと、そして尼子家と対抗するには力が不足していること、それらを痛感させられる戦いとなりました。

毛利元就は山吹城攻略に向けて、国内整備を進めるとともに機会を待つこととしました。永禄四年（一五六一）一月に尼子晴久が急死し、義久が後継となると尼子家内は混乱し、勢力は大きく削られることとなります（当然、元就お得意の謀略戦も駆使して尼子家内部の切崩しを図っています）。

これを機に元就は雲芸和議を提案。その内容は毛利家と尼子家は和睦し、尼子家は石見国に干渉しない、とのものでした。

元就は政略、謀略も交えて銀山攻略を推し進めていきます。福屋氏の反乱に乗じ、石見国東部へと出兵した毛利元就は、福屋氏の河上松山城、温泉氏の櫛島城を落とした直後、さらに兵を進め、本城常光が籠る山吹城を取り囲みます。この元就の行動は明らかに、雲芸和議に反するものでした。

永禄五年（一五六二）六月、第三次大森銀山攻略戦が開始されます。家内で混乱する尼子家は救援部隊を送る間もなく、本城常光は毛利軍に降伏します。山吹城、そして大森銀山は毛利家が領有することとなりました。

以後、慶長五年（一六〇〇）の関ヶ原の合戦まで、大森銀山は毛利氏が一度も手放すことなく領有、管理していくこととなります。

なお、河上松山城が陥落時点で戦略的価値がなくなった理由（59ページ参照）は、毛利が直後に山吹城を陥落させたため、対尼子の最前線が東部に移動したためと考えられます。毛利元就はその後の輸送ルートとして海上交通を重視し、温泉津湊を守るために櫛島城、鵜丸城の整備を急いでいます。そのために、河上松山城は重要視されず、未整備のまま放置されたものと考えられます。

【石見国関連年表】

天文二十年（一五五一）	九月	大寧寺の変	大内義隆は陶隆房に謀殺される。大内義長を主君として立てる
天文二十二年（一五五三）	四月		刺賀長信は大内義長から所領安堵、大森銀山は大内方へ
	十月	吉見家独立	吉見正頼は「陶晴賢打倒」を宣言し大内家から独立
天文二十三年（一五五四）	三月	三本松城の合戦	陶晴賢が吉見正頼が籠る三本松城を包囲
	六月	折敷畑の合戦	毛利が反陶晴賢として立ち位置を明確にする
	九月	三本松城の合戦終結	吉見正頼は陶晴賢と和睦
弘治元年（一五五五）	十月	厳島合戦	毛利元就が陶晴賢を自刃させる
弘治二年（一五五六）	三月	毛利元就の第一次銀山攻略戦	毛利軍、山吹城に籠る刺賀長信を救援できず忍原崩れにて敗北 山吹城には本城常光が入り、大森銀山は尼子方へ

弘治三年（一五五七）	三月	福屋氏は毛利に降伏	福屋隆兼は吉川家の傘下へ
	三月	吉見正頼が毛利の傘下へ	
	三月	益田藤兼が毛利に降る	益田藤兼は福屋隆兼を通じて吉川家の傘下へ
	四月	毛利元就が防長平定	福原貞俊・吉見正頼が且山城にて大内氏義長を討つ
永禄元年（一五五八）	二月	出羽合戦	吉川元春・出羽元祐・福屋隆兼と本城常光・小笠原長雄が出羽で戦う
永禄二年（一五五九）	八月	温湯城の合戦	毛利軍、温湯城を陥落し小笠原氏は毛利家に服属
	九月	毛利元就の第二次銀山攻略戦	毛利、山吹城を攻略できず、降露坂にて退却中に大敗
永禄四年（一五六一）	一月	尼子晴久死去	尼子晴久の急死に伴い、尼子義久が君主に
		雲芸和議	毛利家と尼子家が和睦。毛利元就は尼子氏の石見国不干渉を約束させる

永禄四年（一五六一）	十一月	福光城の合戦	福屋隆兼が毛利に反抗し福光城を攻めたが失敗
永禄五年（一五六二）	二月	河上松山城の合戦	毛利元就が福屋隆任を破り、福屋隆兼は国外へ逃亡
	六月	毛利元就の第三次銀山攻略戦	毛利元就が山吹城を攻略、本城常光が毛利に服属、大森銀山は毛利方へ
	十二月		本城常光が毛利に謀殺される
永禄六年（一五六三）	九月	白鹿城の合戦	大森銀山の掘子、毛利方として攻城戦に参加
永禄八年（一五六五）	四月	第二次月山富田城合戦開戦	
永禄九年（一五六六）	十一月	月山富田城陥落	毛利元就により尼子家滅亡
元亀二年（一五七一）	六月	毛利元就死去	
	八月	出羽元倶死去	

不和

吉見広長　石見吉見氏の終焉

「殿、殿！　一大事であります！」

慌てふためき、裏返った声を耳にして、吉見広長は眉を顰めた。手にしていた茶器が落ちそうになり、慌てて握り直した。

「たっ、大変でございます。軍勢が、大軍勢が、この屋敷を取り囲んでおりまする」

「馬鹿なことを言うな。ここ萩の町に、何処から兵が押し寄せるというのだ」

言って、しかし、外から聞こえてくる尋常でない喧騒に、広長も異常を悟る。桐箱を引き寄せて、丁寧に茶器を置いた。

「なんということ。今日は御館様をお呼びし、茶を振舞う予定ぞ。それが何故……」

駆けるようにして中庭へと向かう。夏の一日。常は煩いほど響く蝉の声が聞こえてこない。聞こえるのは戦場かと思い違うほどの鬨の声と甲冑の擦れ合う音だ。土塀の向こう、青空を背景に旗が林立している。

「毛利の旗ではないか」

当然のことではあった。屋敷は毛利輝元が治める萩城下、武家屋敷の一角にあるのだ。他国の兵が押し寄せるはずがない。

「どういうことだ？　急な出陣の命が下ったのか？」

館の正面へ回り門を出ると見知った男が立っていた。清水景治である。その背後には戦支度を整えた軍勢が、壁のように連なっている。敵意を込めた視線が向けられ、広長は踏鞴を踏み、立ち止まった。彼らの気勢と隊列から、吉見の屋敷を包囲していることは明らかだった。

「これはどういうことか！　事と次第によっては許さぬぞ！」

清水景治に詰め寄ると大声で問うた。

「これは全て御館様の御命令です」

「御館様のだと？　しかし、今日、その御館様を我が屋敷に御招きし、宴をともにする予定ぞ。それがなぜ、軍勢をもって屋敷を取り囲むことになるのだ」

「その宴において御館様を毒殺する計画を立てている、という疑いが掛かっておりまする。昨日、吉見の家人が毒物を購入したという届出がありましたので」

その説明を耳にして、吉見広長は一瞬、呆けたように口を開いた。二度三度と口を開いて、ようやく言葉が出た。

「馬鹿な！　そんなものは、わしは知らぬ！」

「申し開きがあれば、お一人のみにて御登城くだされ。その間、吉見家は我らの監察を受け入れ武装解除させていただく」

「……」

毒殺、などという不穏な言葉に、吉見広長は全く覚えがない。ただ、当主、毛利輝元と吉見広長の二人が不仲であるのは周知の事実だった。しかし、その二者の関係修復のためにと設けられた宴ではなかったか。説明すべき言葉を探し、無意識のうちに視線が空へ移った。一面の青い空。不意に、視界の一角に一本の旗が入った。その見慣れた陣旗は、しかし、広長の憤激を呼び起こした。

「……誰が……、……誰があ奴に向けて頭を垂れることなど……、許せるものか！」

吉見広長は屋敷内に駆け戻ると、直ちに家人を呼び集め武装させた。そして一隊を引き連れ、屋敷より出陣、包囲網を敷く毛利軍へと打ちかかった。吉見兵は寡兵にも関わらず奮闘し、吉見広長の豪勇ぶりは如何なく発揮された。しかし、包囲軍との兵数の差は歴然。敵将を討ち取ることも包囲網を脱することも叶わぬと知ると、吉見広長は兵を屋敷へと引き上げた。そして直ちに腹を切り、自刃した。

元和四年（一六一八）八月二十五日。この日、石見吉見家は途絶えることとなった。


――我が吉見家は大内の殿が陶晴賢に討たれた時、真っ先に非難し異を唱え立ち上がったのだ。力の有無は問題ではない。義を重んじ正道に立った父、正頼の心意氣。それを我々は忘れてはならぬ。そして、毛利元就殿は厳島合戦で陶晴賢を打ち破った後、大内の旧領を手にするため、周防長門へと攻め込んだ。その時、真っ先に山口へ乗り入れ、さらに且山城を攻め大内義長を自害させたのも、我が父、吉見正頼であるぞ。以後、我が吉見家は毛利家より一目置かれ、外様でありながら、大殿の直臣として信頼されたのだ。そのこと、ゆめゆめ忘れるでないぞ——

慶長二年（一五九七）、豊臣秀吉は朝鮮への二度目の出兵を命じた。慶長の役と呼ばれる国を挙げての海外遠征である。

慶長の役における秀吉の戦略的目標は、朝鮮半島に恒久的な拠点を確保することである。半島の最東端は蔚山城、最西端に順天城まで八城を新たに築城し、その八城を結ぶライン以南の朝鮮半島を恒久的領土として確保する、というものである。そのためには先ず、朝鮮半島南部各城を守る朝鮮軍と、そこに居座る明軍を追い出さねばならなかった。

毛利秀元率いる右軍は半島上陸後、連戦連勝し、その矛先を向けられた城に籠る朝鮮軍は戦わずに逃げ去るというありさまであった。

その右軍陣内に、吉見広長の姿があった。

先年、文禄の役で朝鮮に渡った兄、元頼が津和野へ帰郷後に病没し、広長が吉見家の世子として擁立されたばかりである。広長にとっては、ここ朝鮮での戦いが世子としての器量が問われる重要な場であった。

「ここまでは至極、順調な道行でありましたが、この次は同じようにはいきますまい」

兵たちは野営の陣を築くため、蟻のように働いている。設営された陣地の中で、吉見広長は配下、下瀬頼直の言を聞く。

「次の戦は黄石山城攻めでございます。黄石山城は慶尚道と全羅道を結ぶ街道の急所にあたります。城には安陰県監郭䞭、金海府使白士霖らが数千の兵を集め籠っていると聞きおよんでおりまする」

「軟弱な朝鮮軍らしからぬ態度だな。では大殿はどうなされるか。総攻めか、包囲戦か」

ここで言う大殿とは右軍総大将の毛利秀元のことである。吉見広長は毛利家の臣として毛利秀元の陣に配されている
「ここは総攻めでございましょう。まだまだ先は長うございます。一息に南部の朝鮮軍を掃討せねば、明軍に反撃の隙を与えることになりまする」

「ふむ。それで総攻めに失敗すれば、何となる」

「この状況では三日、進軍が停止すれば我が軍の負けでしょう。負けないことは当然として、早急に、圧倒的に勝つことが、我らには求められておりまする。しかし、兵数といい装備といい、さらに士気の高さと、我らが勝利する条件は十分調っておりまする」

「よし。分かった。ならば勝つ算段より手柄を立てる算段を考えよう。確実に大将首を取れるよう、お主には何か考えがないか？」

黄石山城は街道の要衝を扼している。それゆえ、峻険な地形を利用した強固な造りであった。ここに朝鮮の軍民約三千が籠っている。対する日本軍は毛利秀元率いる右軍四万である。日本軍の戦術的目的は朝鮮軍の撃滅ではなく排除である。包囲網の配置は、南面に加藤清正、西面に鍋島直茂、東面には黒田長政を配し、北側は籠城軍の撤退路として敢て空けてあった。退路を塞ぐと死に物狂いで徹底抗戦されることとなり、日本軍の被害が増えることを恐れたのである。

八月十六日深夜、すなわち包囲完了後二日目の夜、日本軍が一斉に攻めかかり、黄石山城の合戦の火蓋が切られた。月明かりを頼りに全軍で攻めかかる、総攻めである。

日本軍は竹束を盾とし、柵を前進させ、徐々に戦線を押し上げる。これに対し朝鮮軍は鉄砲を放ち抵抗を試みるが、散発的であり、また城内の士気も低い。朝鮮軍の指導者の一人である白士霖が、総攻めの開始と同時に城内から逃亡している。郭䞣は城内に留まり、声高に指揮を取ったが、劣勢を覆すことはできなかった。

竹束と柵とで銃弾を防ぎながら、城壁との距離を詰めたところで、加藤清正は突撃を命じた。一斉に南門へと取り付き、森本義太夫らが南門へ先登し、続く城内での激闘の中、安陰県監郭䞣を討ち取った。敗北を悟った朝鮮の軍民は、雪崩を打って北門より脱出した。


「予想どおり、といったところか」

夜闇、森の茂みに十一騎が潜んでいる。物音を立てぬよう鎧には布を巻き、馬には轡を噛ませている。さらに徹底しているのは、人にも猿轡を咬ませていることだ。

「おそらく、あれが名のある大将に違いない。このまま張って機を待つぞ」

夜闇に潜み、独りごちるのは吉見広長である。配下の十騎には手振りだけで合図を送り、首肯が返る。

広長は本来、毛利秀元の一隊として黄石山城攻めに参加しているはずである。しかし、敵兵を追い出すだけの攻城戦では手柄を挙げることは難しいと考え、大将首を狙うために極少数の兵を率い想定される退却路に伏せていたのだ。

今、その広長が狙っているのは、趙宗道率いる義勇軍である。趙宗道は元咸陽郡守であるが病気で一線を退いており、対日戦においては義勇兵を集めこれに対抗していた。郭趪との友誼からこれを助けんとし、黄石山城近辺で遊軍として動いていたところ、日本軍による包囲そして落城を知り、退却する兵を助け追って来るであろう日本軍を撃退するために、この場に陣を張っていたのだ。

「俺は運がいい」

広長が趙宗道の軍を見つけたのは偶然である。黄石山城より退却する将を混乱する追撃戦で確実に仕留めるのは難しいと考えていたが、別働隊の将であれば狙いを定めやすい。

「まだだ、まだ待て……」

城から火の手が上がった。喚くような喧騒とともに、黄石山城から逃げ惑う朝鮮兵が波のように押し寄せてきた。街道から溢れるほど、それは統率も戦う気力も、仲間を助ける余裕も、敵味方を区別する判断力さえも失い、ただただ奔るだけの人の塊であった。趙宗道ら遊軍は、逃げ惑う人々に退路を示し、街道脇に引き、敵軍が追撃のために現れるであろう街道先を睨みつけていた。狂騒溢れる中、朝鮮軍ではない軍旗が街道先に見えた。兵たちが武器を手に、強く握りしめた。

「今だ！」

吉見広長は闇から飛び出した。趙宗道の本陣の後背である。

「その大将首、貰った！」

戦いは一瞬だった。趙宗道率いる遊軍は碌な訓練を受けていない義勇兵だった。不意を突かれた形の兵らは、広長の突撃に狼狽するだけで、侵入者を討ち取るどころか、その前に立ち塞がることさえできなかった。暴風のように大太刀が振られ、趙宗道の首は地に落ちた。

広長の目論見どおりである。

追い付いた部下たちに守られながら、広長は手柄首を馬腹に結び付けると馬腹を蹴った。目的の大将首を得たからには、後は本陣へと帰還するだけである。だが、そこで計算違いが起きた。

通常、一軍の大将を討てば兵は混乱し逃げ惑うはずだ。だが、趙宗道の義勇軍の軍としての統制は悪く、多くの義勇兵たちは大将が討ち取られたことに気付かなかった。その場に留まり続け、手当たりしだい目の前の敵である日本兵へ向けて刀槍を振るい続けた。

広長の目前に立ちはだかった義勇兵に、騎馬は棹立ち、足が止まる。一瞬で混戦に巻き込まれ、配下の騎兵もある者は討たれ、ある者は落馬してはぐれ、やがて広長は一騎、敵中で孤立した。

「お前ら死にたくなくば、道を空けよ！」

混戦の中、衆に勝ると称された膂力に任せて大太刀を振り回す。鎧が染まる程の返り血を浴び、刃が毀れるほど大太刀を振り廻し、朝鮮兵を捌き続けた。やがて下瀬頼直の一隊が救援に駆け付け無事敵陣を脱出、落城した黄石山城へと入城することができた。

途上、行き合った加藤清正に馬腹に括りつけた大将首を示した。

「おお、これは趙宗道の首ではないか。こ奴には先の遠征でも苦労させられた。ここでこいつの首を得るとは、幸先の良いことよ」

清正の発する声は虎が吠えるように大きく、門前で込み合っていた将兵全員の耳へと届いた。

「趙宗道を仕留めるとは大したもの。本日の戦の一番首は吉見広長殿よ」

湧き上がる喧騒を背に、意気揚々と大将である毛利秀元の元へ復命した広長は、だが、思いもしなかった叱責を受けることとなった。

「戦場において、大将が勝手に持ち場を離れ、抜け駆けで大将首を狙うとは何という愚かさだ」

首実験する間もなく、大声で咎められる。

「お主には、毛利の臣として兵を率い、敵を打ち破るという重責があるのだ。それを何と心得ておる」

　戦場の気配が色濃く残った城内では、誰もの気が荒ぶれ、口調は激しくなる。毛利秀元の語気の強さに、吉見広長は気色ばんだ
「お言葉ではございますが、我が吉見の隊も黄石山城の城攻めに対して十全の働きを致しました。その上で、私は今後の戦略のためにと思い、敵将の首を取らんと欲し、戦に臨んだのでございます」

「戦は生き物だということを知らぬのか。戦場では何があるか、何が起きるか判らぬのだぞ。もし、我が軍が負け退却との命が出た時、誰がお主の兵を率い、誰が守るというのだ。ここは異郷の地であるぞ。何よりも優先すべくは将兵の命そのものぞ」

「これはこれは。大殿ともあろう方が負けた時の算段など。私はこの戦に勝利が見えたからこそ、さらなる勝利を積み重ねるために奇襲を仕掛けたのです。何の考えもなく、飛び出したのではありませぬ」

　同席した吉川広家は天を仰ぎ見た。異国での遠征中である。この地での君臣の亀裂は何をもたらすのか。

吉見広長は手にしていた首を高く掲げる。

「ここに示したりますは、追撃戦で仕留めました趙宗道の首でございます。御確認、頂けますか」

「それは不要じゃ。戦場での功績は、戦目付が記すこととなっておる」

「先ほど加藤清正殿より、報奨の言葉を頂きました」

「加藤殿は加藤殿のこと。毛利は毛利の軍略がある。我は、毛利の戦目付の記録と照らし合わせて功を評するものぞ」

広長にとっては手痛い言葉だ。単独の奇襲であったため、戦目付を帯同することができなかったのだ。だからこそ、この場で大殿に自分の手柄を認めて欲しかったのであるが……。売り言葉に買い言葉で、互いに壁を築いてしまったことを、今さらながら広長は悔いた。

「ともかく、お主も疲れたであろう。大殿におかれましても、戦は勝利に終わったのですから良しとし、明日からの軍略に備えるといたしましょう」

吉川広家が言葉を挟み、両者を取り持つように頭を下げた。

豊臣秀吉の二度目の朝鮮出兵、いわゆる慶長の役において、吉見広長は毛利秀元に付き従い各地を転戦した。広長は幾つかの勝ち戦で戦果を挙げ、加藤清正や豊臣秀吉から感謝状を与えられるほどであったという。

しかし翌年、豊臣秀吉が死去、朝鮮出兵は中止となり、将兵らは何ら得るものなく本土へと帰還することとなった。

——先の朝鮮出兵においては、益田元祥が吉川広家の隊の元、五千の兵で三万の朝鮮軍を打ち破ったという。吉見の世子たるお主にはそれ以上に輝かしい戦果が得られるものと、信じておるぞ——

「馬鹿な！　そのような馬鹿げたこと、許されると思うたか！」

主君、毛利輝元から遣わされた使者の口上を聞き、形式も礼もなく、思わず叫んだ。

「朝鮮での論功もないまま、このような一方的な命令など聞けるものか！」

吉見広長は怒髪天を衝くほどの勢いで使者に組みかかった。

「しかし、このことは亡き関白殿の御遺志だとか。ここに石田三成殿からの書状の写しも御座います。大殿も苦渋の決断だと申しておりました」

「苦渋の決断だと。自分の懐が痛まぬものだから、他人に責任を押し付け、自ら考えることを放棄しているだけではないか」

毛利輝元からの命令は以下の如くである。

一つ、太閤殿（豊臣秀吉）が生前に毛利秀元に長門一国を与えるよう毛利輝元に約束をしていたこと
一つ、忠臣を自称す石田三成が太閤殿の遺志を叶えるために、毛利輝元に約束の履行を執拗に催促していること
一つ、太閤殿の遺志を無下に断る訳にもいかず、政権中央で権力を振りかざす石田三成と敵対することもできないため、毛利の主君として毛利秀元に長門一国を与えることを決議したこと。ついては吉見家が治めている長門国の阿武、萩については、秀

元の領地替えに伴う手続きを、至急執り行うこと

　以上である。

　領地を召し上げ他家に振り替えるなら、代わりとなる領地を用意し、先ず持って吉見家の了解を得るべきだ。これではただの減封であり、懲罰である。朝鮮遠征という艱難辛苦を味わい、大きな手柄を得たにも関わらず、この仕打ちである。吉見広長の怒りはもっともではあった。

「毛利秀元……、しかもよりによって、あの秀元へ領地を差し出せというのか」

　黄石山城の一件以来、広長と毛利秀元との溝は深く、良く言って冷戦状態といったところである。朝鮮での戦においても、広長は度々吉川広家軍へ帯同し、毛利秀元とは別行動をとっている。

「この話、断固として断る！　我が領地の一辺なりとも差し出すつもりもない」

「しかし、これも大殿の仰せでありまするので……」

「ならぬといったらならぬ！」

「ともかく、大殿の命はお伝えいたしましたので」

使者は渋々といった態で言い捨て、吉見屋敷から引き退がった。屋敷内はしんと冷えた空気が澱んでいた。一人、吉見広長だけが熱く、行き場のない怒りを込めた右手を握りしめていた。

この直後、吉見広長は毛利家を出奔した。それほど、毛利輝元からの処遇を受け入れることができなかったのだ。慶長四年（一五九九）のことである。

吉見広長の出奔を耳にした父、吉見広頼は直ぐ部下を各地に配し、広長を探し出すと広島にて監禁した。名目は病気の療養である。家臣が主君の命令を断り勝手に出奔したとなると、主君の恥であり、吉見家の責任も逃れられない。病弱な広頼にとって、家の後継については広長に頼る他なく、広長を宥《なだ》め、主君毛利輝元の寛大な処遇を願う他なかった。

――我が石見吉見家は、鎌倉で幕府を開いた源頼朝、その弟蒲冠者範頼を源とするものぞ。範頼はあの壇ノ浦の合戦で大将として東西の兵を率い、華々しく勝利したのだ。その時分、益田氏など一土豪として勝ち馬に乗ったにすぎぬ。我が吉見と益田との格の違いというものを、皆はもっと知るべきなのだ――

慶長五年（一六〇〇）九月十四日、美濃国不破郡関ヶ原、南宮山山上に吉見広長の姿があった。

広長は父広頼の必死の工作が実り、吉見家を相続することを許され、毛利家の家政へ復帰していた。

毛利秀元の長門転封の件は、萩などの幾つかの湊町を吉見家へ残し、その他の地を秀元に預けることで決着がついていた。長門の地を失ったとはいえ、吉見には石見や周防の一部にも領土があり貴重な戦力を保持している。大坂側と徳川との緊張が増す時世において、一定の戦力を保持する吉見家を、毛利輝元も無下に扱う訳にはいかなかったのだ。

陽は大きく傾き、既に南宮山の山陰に隠れている。広長は見晴らしの良い丘に立ち、眼下の光景を、付近の地形を、そして徳川の陣容を目に焼き付ける。麓から、そして山上から、遠く、近く、兵たちの喧騒が聞こえてくる。

このまま陽が落ち、明日、陽が昇れば、この地で一大合戦が行われるだろう。後世に伝わる関ヶ原の戦いである。その戦の前例のないほどの規模を想像し、広長は身を震わせた。敵陣の様相をつぶさに観察し、明日の戦の陣立てを考える。その戦場に堂々と立つ己の姿を夢想し、背筋が震えた。

その時、「吉見殿」と背後から声を掛ける者がいた。振り向き声の主を認めると眉を顰め、身を僅かに引いた。

「益田元祥殿か。して、何用か」

相手を益田家当主の益田元祥と認め、広長は尊大に問うた。

「何用かと問いたいのはこちらでございます。ここは吉川広家殿の陣でありまする。そして吉見広長殿は毛利秀元殿の指揮下にあらせられるはず。なぜ、こちらにおられるのです」

そんなことか、と小さく舌打ちし、あからさまに背筋を伸ばして尊大に応える。

「我が吉見の軍兵は秀元殿の指揮を離れ、明日の合戦は吉川殿の陣において戦に臨むこととした」

「それは我が殿や大殿も了承済みの事なので」

「いや、そのようなものは無用。お主も秀元殿の戦判断を知っておろう。あのような将の元で吉見の将兵を働かすは宝の持ち腐れ。吉川殿に指揮していただいた方が、毛利家にとって益となること、そうは思わぬか」

広長の言は、主観的で一方的過ぎる。そう口にしかけ、益田元祥は大きく息を吐いた。

「吉見殿。貴方ほどの方が、何故このようなことを。戦場での配置は軍議によって定められております。それを大殿の了解も得ず、勝手に陣を動かせば、叱責どころではありませぬ。早急に兵に指示し、元の陣所に御戻りになったがよろしいかと」

「ふん、何を偉そうに。我は毛利の直臣ぞ。益田家は吉川殿の臣、すなわち陪臣にすぎぬ。お主が我に指図するなど、百年早いわ」

「……だからこそ、穏便に事を納めることも出来ましょう」

「ほう。大きな口を叩くものよ。近頃、毛利本家へ追従し、目を掛けられていると調子に乗っておるのではないか」

広長は元祥を小馬鹿にしたように笑う。

「これから直ぐに陽が暮れる。そうなれば陣替えも容易ではあるまい。明日の決戦は毛利家の一大事。将兵の力を出し切るためにも、今からの移動は御免こうむる」

広長はそれを見越して、夕方に陣替えが完了するように兵を移動させたのだ。今頃は下瀬頼直らが兵を動かし陣を張り終えている頃だ。

「益田元祥よ。同じ毛利の臣とはいえ、我が吉見家と益田家は長く争ってきた間柄。お主の言に信用などできぬわ。近頃、お主は吉川殿だけでなく、大殿の覚えめでたく近従の如く侍っていると聞く。だが、この大戦の後、大殿の信頼を得ているのは、俺かお主か」

「……」

「明日の大戦が楽しみなことだ」

益田元祥は無言のまま、吉見広長の背を見送った。

——益田家など陶晴賢の謀反に乗じて石見を手に入れようと画策し、三本松城で大敗を喫した小者領主よ。その後、敵対した毛利家に取り入るために、宴をもてなし宝物を献じ、辛うじて家名を保っただけの卑小なる者ぞ。我が吉見家の実力と威光を前に、奴らは平伏すしかないのだ——

慶長五年（一六〇〇）九月十五日。関ヶ原において徳川家康率いる東軍十万と、石田三成率いる西軍八万による、一大合戦が行われた。関ヶ原の合戦である。西軍総大将は毛利輝元であるが、輝元は大坂城に入っており、関ヶ原の地には立っていない。毛利家からは、毛利秀元、吉川広家、安国寺恵瓊が兵を率い、参陣している。三軍は南宮山に陣取り、東軍を背後から扼すことのできる、絶好の位置取りであった。

しかし、合戦開始後、毛利先陣の吉川広家軍は全く兵を動かさなかった。吉川軍が道を塞ぐ形となり、後続の毛利秀元、安国寺恵瓊もまた兵を進ませることができず、毛利三軍は関ヶ原において、一度も刃を交えることも、一発の銃弾を放つこともなかった。

関ヶ原の合戦自体は、日和見で動かない部隊が西軍で続出する中、小早川秀秋の寝返りを切っ掛けに西軍は総崩れ、未の刻（午後二時ごろ）には東軍の勝利で終わるという呆気ない幕切れとなった。

吉川広家は徳川家康と内通しており、合戦時に不戦を貫くことによって、東軍が勝利した場合にも毛利家の領地安堵されることを約していた。西軍総大将を安易に引き受けた毛利輝元への配慮である。

「まさか、このようなことに……」

吉見広長は、関ヶ原で戦うことなく、茫然と上方へと引き上げることとなった。出奔の不明を挽回するために、この大合戦で手柄を挙げ、吉見家再興の足がかりとするはずであった。しかし戦後に残ったのは、無許可での陣替えに対する毛利秀元からの叱責のみであった。

関ヶ原における不戦の策は吉川広家の独断であり、毛利秀元でさえ知らされていなかった。その策について、吉川広家は己の家臣である益田元祥と相談し決していたという。ならば、前夜、南宮山で会った時、広長に何も言わないのは如何なる理由か。

「あ奴め、我を貶めるため、図りおったな……」
広長にとっては、二重の屈辱であった。

関ヶ原の合戦の後、大坂城に在る西軍総大将毛利輝元は、吉川広家の報告を受け、本領安堵が約されたと信じ、大坂城を退去した。しかし、徳川家康は先の約束を、吉川広家の領土として周防長門二箇国を安堵するとの解釈を取り、毛利本家へは改易との命を下す。その後、吉川広家らの必死の懇願により家康は命令を変更。毛利家の改易は撤回され、毛利本家の周防長門二箇国への減封として処理されることとなった。

――見よ、この萩の湊を。我ら吉見家の悲願であった外湊を、ついに手に入れることができたのだ。永く居城としていた津和野も良い街、良い城ではあるが、これからは交易の時代。我らも大陸や南蛮との交易に乗り出し、戦乱の世に打って出ようぞ――

関ヶ原の合戦の後、吉見広長と毛利輝元との関係は急速に悪化した。一つは関ヶ原の合戦において、令に反し毛利秀元の陣から吉川広家の陣へと勝手に移動した件である。軍紀違反は徹底的に裁かれねば、今後の家政に悪影響となる。さらにもう一つの理由は、周防長門に減封された毛利家の本拠地として萩が選ばれたことだ。萩は長く吉見家の領土であり、良湊のある萩は吉見にとって重要な街でもあったのだ。さらに以前、阿武郡など長門の大半の領土を毛利秀元に召し上げられていたことから、今回の移封によって吉見家本来の領土のほぼ全てを失うことになったのである。

慶長九年（一六〇四）、萩城の普請が始まった。吉見広長は一人、外堀の石垣に立ち、その様子を眺めていた。顔色は冷たく、ギリギリと引き絞るように右手を堅く握る。

「殿、何を見ておいでになられますか」

不意に声が掛かり、右手を緩める。視線だけを降ろすと、石垣の下に下瀬頼直の姿が見えた。頼直はするりと石垣を登り、下座に控えるように片膝を突いた。

「殿、このような場所におられますと風邪を引くやもしれませぬ。どうぞ、お屋敷に戻られまするよう」

広長は視線を外し、再び普請中の萩城を見遣る。砂州の先端には海に浮かぶ小島のような指月山がある。その麓に、新しく萩城を築こうと、大勢の人々が働いている。

それと同時に、指月山山中にも大勢の人足が動いていた。

「萩は我ら吉見の地だ。そして指月城は我らが居城だ」

毛利輝元は周防長門を治めるため、近代城郭として萩城を築こうとしていた。そのため、指月山山麓に、平城としての萩城の普請を命じた。

「その我らの城を取り壊し、壊した部材を使い、新たな城を築こうというのだ」

正確には、この普請は萩城の本丸を政治の場とし、後背の指月山を詰城として有事の場合に籠ることを想定した縄張りとなっている。毛利としては、吉見が築いた指月山城を活用しつつ、新たな時代に応じた城造りを目指したものだ。しかし、広長にとっては、馴染み深い指月山城を破城しているようにしか見えない。

「毛利は何処までも、我ら吉見を不当に扱うつもりらしい。あの旗が見えるか」

吉見広長は石垣を組む作業を行っている一団を指差した。頼直も視線を廻らすと、幾本もの旗印が認められた。上り藤に久の字の印。

「あれは、益田家の旗でございますな」

「そう、そうだ！　よりにもよって、大殿は普請奉行の一人として益田元祥を選んだのだ。あの仇敵の益田をな！」

益田元祥は関ヶ原の戦の後、毛利輝元より抜擢され藩財政を担う奉行へと就いている。さらに、今回、萩城普請役の一人として選ばれたのだ。

「益田は我が吉見の仇敵だ。これでは、吉見の城が益田によって攻め滅ぼされているようなものではないか」

「……」

「毛利は益田を買い被り過ぎだ。たとえ家康殿からの声掛かりを断ったのだとしてもな」

「それは大久保長安殿を通じてお話のあった件のことですか」

大久保長安は関ヶ原の合戦直後から大森銀山へ入り、今は銀山奉行に就き、石見一国を取り仕切っている。それは、石見国の領有を断った人物がいたからだ。

「石見一国を、益田家の領国とする。その命を益田元祥殿が断ったという」

「ふん。元々、あ奴に石見一国は重い荷であろうよ」

この時の石見国とは、江の川以西を指し、益田氏、吉見氏の旧領を含んでいる。つまるところ、家康は吉見家の領土を召し上げ、益田に与えようとしているに等しい。吉見と益田の石見国をめぐる戦いは、数世代に渡る根深いものだ。それを棚ぼたとも言えるほどあっさりと、家康は益田元祥に与えようとしたのだ。広長にとっては、認めることのできぬものである。

「益田は家康殿の誘いを断り、毛利の家臣に留まった。それは当然だ。だが、その当然のことに、毛利の大殿は感謝状を出し、早々に新たな領地を与えた。それもよりによって、吉見の旧領である須佐をだ」

毛利家は関ヶ原合戦直前、一二〇万石という大大名であったが、合戦後、長門周防へ転封され石高は三十六万石へと激減した。家臣団の再編、封地は精緻な計画と用心をもって進める必要があった。毛利輝元が初めに決めたのは萩を藩都として定めること。続いて毛利本家に近しい家臣について、毛利秀元を下関へ、吉川広家は岩国を、毛利元政が三丘を治めることを定めた。その次に定めたのが、益田氏の所領である。石見との国境に近い須佐の地を益田家に与えたのだ。須佐の地は益田氏の旧領である益田荘に近く、そして吉見家の旧領である。

「俺は大殿の処遇を受け入れることはできぬ。これ以上、我が領土が不当に扱われる様を眺めながら、あの殿に頭を下げ続けることなどできようものか」

広長の強い意志の籠った言葉を耳にし、下瀬頼直は広長の続く言葉を先取った。

「殿は、どちらに向かうおつもりで」

「そうだな、やはり、将軍家である徳川家康殿の元へ向かうべきだろう」

頼直の予想どおり、吉見広長は毛利家を出奔するつもりだった。

「益田の小倅でさえ、石見一国を任せようと言うのだ。これまで津和野の地を治めていた我にも、同じ命を下して頂けるかもしれぬぞ」

「……」

広長の顔には朱が差していた。家康との対面を、自らの言上により家臣として取りいれられることを想像しているのだろう。

「家康殿が無理なら、肥後熊本城の加藤清正殿を頼るのも良い。朝鮮でともに戦い、面識もある。功を正しく評価してくださる御仁でもある故な」

「……判り申した。殿には是非、新しき仕官先を得られるよう、お祈り申し上げます」

頼直の言葉に、新たなことに気付いたように勢いよく振り向く。

「すまぬな。我が家臣には苦労を掛ける。だが……」

「皆まで申す必要はありませぬ。殿の想いは、我ら家臣の想いと同じもの。これからの殿の御活躍、心から祈っております る」


萩城の普請が始まった二月後、吉見広長は二度目の出奔を図った。父、吉見広頼は広長の出奔を、今度は止めなかった。自身が病身をおして当主として復帰することを願い出た。毛利輝元の怒りは激しかった。それでも吉見家の存続は許され、その代わり、全ての領地は召し上げられることとなった。

出奔した吉見広長は江戸へと向かう。徳川家康への仕官を願い出るためであった。広長に相対したのは当時、徳川家康に重用されていた本多正純であった。正純は、関ヶ原の戦後処理で辣腕をふるい、毛利家との交渉に当たった本多正信の嫡子である。

「仕官願い、でありますか」

本多正純は旅装の吉見広長の姿を検分するように眺めた。

「今は貴方のように仕官を願い出る者は数多くおりまする。また、幕府が開かれた直後でもあり、体制整備に時間が掛かっているところでございますれば、今すぐの返答はできかねます」

広長は素直に一礼し、門前を去った。しばらく江戸の街に滞在し、徳川家からの返答を待つつもりであった。

「徳川家も人手が足りぬ様子。我が入る余地はありそうだな」

そう判じて、長丁場を覚悟しつつ江戸の街で日を過ごすこととした。しかし、一月、二月が過ぎても徳川家からの返答はなく、広長は再び、本多正純の屋敷へと訪れることとした。

「ああ、吉見広長殿でございますか。確か、徳川家への仕官を願っておられる、とのことでしたな」

広長は安堵した。すっかり忘れられているのかと危惧し、本多屋敷へと駆け込んできたのだ。

「返事が遅れましたのは申し訳ない。しかし、単刀直入に申せば、この話、徳川家としてはお断りするほか御座いませぬ」

正純の回答を聞き、広長の心臓は跳ね上がった。

「なっ、何故でございまするか。あの、益田元祥には石見一国を与えようとなさった徳川殿が、何故我には臣下にさえ取り上げてくださらないのか」

「益田、ああ、あの益田元祥殿のことでございますか。しかし、益田家は益田家のこと。貴方は吉見家の方でありましょう。それに」

「それに？」

「先日、毛利輝元殿から書状が届きましてな」

「大殿、から？」

広長は眉を顰めた。今、ここで毛利の名が出るとは思いもよらなかったためだ。

「その書状には吉見広長殿は主君の許しなく出奔した故、他家で雇い入れることは許さぬ、と書かれておったのだ」

「……」

「それ故、我が徳川家では吉見殿を雇い入れることはできかねまする。これが徳川家からの正式な返答である。理解してもらえようか」

吉見広長は言葉もなく、本多屋敷を後にした。

「なぜここまで、毛利が俺の行く手を阻むように……」

その言葉と、毛利家への怨みが広長の頭の中で繰り返されていた。

吉見広頼は、息子、広長の出奔を留めず、一度目の出奔とは異なり追っ手を出さなかった。主君毛利輝元に懇願し、自らが病身をおして当主となることで、吉見家の存続を願ったのみである。

一日、萩の吉見屋敷を一人の男が訪れた。男は名を名乗り、家人に案内され客室へと通された。異例なことに客室には寝具が敷かれ、老人が横になっていた。男の入室を認めると、老人は家人の助けを受けて痩せ細った半身を起こし、一礼を施した。

「吉見家当主、吉見広頼でござる。このような姿での対面、礼を失するものと覚えるが、御寛恕願う」

男は病身の老人に平伏し、一礼を返す。

「本日は無理を押し、このような機会を頂き、ありがとうございまする。吉見家が臣下、下瀬頼直でございます」

下瀬頼直は、気だるそうに半身を起こす老人を目にし、痛々しそうに頭を下げた。

「無理を言い、呼び出したのはこちらの方だ。下瀬殿。お主は我が子、広長と懇意であったと伝え聞くが、どうか」

「はい。恐れながら、朝鮮出征の折ともに戦い、関ヶ原でも臣下として従軍いたしました。殿からはよくお声掛かりがあり、軍事に、家政にと、相談をいただけることもありました」

「なれば、お主は広長の気性も、今置かれている状況も承知のことだろう」

「……」

客間には老人と男の二人だけ。案内した家人も、今は部屋を離れていた。

「広長のこと、下瀬殿がどう評しているか、ここではあえて聞かぬ。その上で願いがある。どうか、我が子、広長のことを助けてやってくれぬか」

「……」

二人の間に沈黙の帳が降りる。再び口を開いたのは、吉見広頼である。

「広長がこのような所業に奔った一端は、我にある。ここからの話は、我からの懺悔だと思って聞いてもらえばよい」

下瀬頼直は無言のまま、微動だにせず、老人の言葉を一語一句聞き洩らさぬよう、姿勢を正した。

「我が父、吉見正頼は偉大な領主であった。歴代の大内の殿に仕え、大内を裏切った陶晴賢には義憤から抗し、三本松城の合戦に耐え、ついには毛利家の勝利、防長攻略に貢献した」

吉見広頼は過去を思い出すように遠く、視線を伸ばした。

「我は吉見家の後継として期待されていた。しかし我は幼少の折から身体が弱く、父の視線にはどこか、不満と憐みの色が混じっているように感じていた。陶晴賢との三本松城での合戦においても休戦協定の人質として差し出され、父から家督を譲られたのも備中高松城の戦いの後、五十近くなってからのことだ。毛利の大殿からも、常に父の偉業と比較され、吉見家の家勢には期待されたが、我自身には大きな期待はされなかった」

広頼の吐きだすような苦衷に頼直は無言のまま、相槌を打つこともなく耳を傾ける。

「長男、元頼は我と同じ病弱であった。だが、大殿の期待に応えるべく、厳しく鍛えたつもりであった。その反面、広長には甘かったのかも知れぬ」

広頼は瞑目し、天を見上げる。

「いや、我は息子たちに甘えていたのかも知れぬ。自身の不出来に苛立ち、愚痴を吐露し、他者を貶めるだけの言を吐いていたのかも知れぬ。その我の悪いところを広長は吸収し、今の性情を築いてきた。そう言われたとしても、否定することはできぬ」

がくりと肩を落とし、息を吐く。

「先に広長が出奔した時も、この家を守ることばかり考え、息子の将来や成長を案じることがなかったかも知れぬ。それが、今の状況を招いているのかも知れぬ」

「今の吉見家の苦難を招いたのは広長にあらず。全て、我、広頼の責にある。このこと、大殿には弁明いたし、了解を得ておる」

　吉見広頼は視線を戻し、下瀬頼直を直視した。その視線には病身とも思えないほど力がこもり、下瀬頼直は眼を見張った。

「下瀬殿、どうかお願いでござる。我が子、広長を、これからもどうか、支えていただけないだろうか」

「……」

　吉見広頼の言を受けて、下瀬頼直はしばし無言のまま微動だにしなかった。病身とも思えないほどの気迫に満ちた広頼の視線に見入っていた。

「朝鮮での献身を聞き及んでおる。これまでと同じようにとは言わぬ。広長が毛利家に帰参した後で構わぬ。たとえ僅かなことでも構わぬ。どうか、どうか、我が愚息の力となってくれぬか」

　下瀬頼直は吉見広頼の熱意を、言葉を真っ向から受け止めた。吉見家の当主として、一人の父として、嘘偽りのない心情を、隠すことなく言葉にした吉見広頼の心中を、下瀬頼直は感じ取り深く一礼する。

「殿から受けた御厚恩、そして信頼、ありがたく存じます。しかるに、我の気持ちは既に固まっておりまする」

顔を上げた頼直には、一つの決心が漲っている。

「あの御方は心根が正直過ぎ、果断に過ぎるのです。広長殿の言動は、誰もが一度は思い描くこと。それを実際に言葉にし行動に移すのは、あの方の魅力であり、欠点でもあるのでしょう」

「かの朝鮮での戦の折、広長殿は少数の部隊を率い、敵陣深く侵入し大将首を取りました。その後、敵陣で一人孤立した殿を助けたのは私でありまする」

「欲する物を欲しいと口にし、我が身の危険も顧みず、自らの力で持って手に入れようと行動する。私も広長殿の魅力に魅入られた者の一人であります。朝鮮という異郷の地においても、あの方を助けたく思い兵を動かしたもの。今はこの国で苦労しておられる殿を、どうして一人、放っておくことなどできましょうか。非力ながら、私も広長殿のために力を貸したく思うております」

そう言って、柔らかく笑む。

「これを機会に、私も毛利の臣から離れようと思うております。殿にはこのこと、認めて頂きとう思いまする」

下瀬頼直も毛利家の中では微妙な立場となっている。父、下瀬頼定が毛利の周防長門への転封後も、石見国の日原脇本に居座り独自支配を続けているためだ。毛利本家の意に逆らっているのは、吉見家主従の共通項といえる。

おおっ、と老人の口から言葉とも歓喜ともとれない風が漏れた。

「下瀬殿。よくぞ申してくれた。我が愚息のこと、そこまで案じて貰えるものとは思うとらんかった」

半身を乗り出し、頼直へ縋《すが》るように手を伸ばした広頼を、しかし、頼直は避けるようにして頭を下げた。

「このことにつきましては、一つだけお願いがございます」

急に声音が堅くなった。吉見広頼は驚いたように手を縮め、眼を瞬いた。

「願いとは……、何じゃ」

「はい。殿から毛利の大殿へと一つ、願い出て頂きたいことがあるのです」

「大殿へ、だと。帰参の許しを請うのか。それとも、どこかの大名家への仕官の紹介状を出してもらうのか」

「いいえ、その逆でございます」

「逆、とは？」

「毛利の大殿には、諸藩大名の全てに文を出して頂きたく願います。その内容は、『吉見広長の出奔は勝手極まるものであり、到底許すことはできない。諸藩方には、毛利の許しがない限り、決して吉見広長の仕官を許すことはあってはならない』とのものです。おそらく、大殿は御承諾なさるでしょう」

「……ちょっとまて。……お主」

吉見広頼は絶句し、細く衰えた唇を開閉する。

「お主は、我が子、広長に力を貸してくれるものではなかったのか？」

疑いの眼を振り向ける広頼を、だが、下瀬頼直は正面から見返した。

「四年前に関ヶ原の大戦は終わりました。徳川家が主導した大規模な論功行賞も終わり、諸大名方は新しい領土で新たな治世に取り組んでおりまする。徳川家康は征夷大将軍に任命され、幕府を開きました。この世は既に戦のない世の中、偃武の時世へと移りつつあります」

　頼直は言葉を切り、静かに目の前の老人を見据えた。

「その中で、広長殿の評価はいかほどでありましょうか」

「……」

「殿が己の誇りとしているのは朝鮮や関ヶ原の前哨戦での戦働き。反面、治世の功はありませぬ。そして主君への反骨の志が強い。広頼殿。もし貴方が藩政を預かる立場であったなら、広長殿を雇い入れ、その統治役として任命いたしますか」

「……」

　広頼には返す言葉がない。広長は世子となり歴史の表舞台に立ったのは、朝鮮への遠征からであり、帰国直後に一度目の出奔をしている。治世の経験は全くと言ってていいほどなく、主君に反する実績には事欠かない。

「そして行く先々の大名家で、仕官を断られた時、殿はどのように御考えになるでしょうか？　己の力が足りぬと自覚し、もう一度己を鍛え直すでしょうか。それとも、不当に評価されたと、訪れた大名家への怨みを積み重ねるでしょうか」

「その時、もし、毛利の大殿からの再仕官禁止の文が諸大名に届いておれば……」

「……」

頼直は暫くの間、口を閉じ、言葉もない老人を見詰める。一度、大きく息を吸ってから、最後の言葉を吐きだした。

「結局のところ、広長殿の生きる場所は、毛利家家中をおいて他にはないのです」

しん、と静まった客間に、老人の詰まったような呼気だけが流れていた。部屋の温度が下ったように思われる。下瀬頼直は姿勢を崩さず、眼の前の老人の姿を眺めていた。右手は布団の端を握り、左手は畳につき、傾いた身体を支えている。大きく肩を揺らし、長い、長い息を吐いた。

「お主の言、尤もだ」

吉見広頼の顔色はさらに蒼く、さらに十も歳を重ねた程に見えた。

「大殿にはわしから願い出よう。お主が息子の忠臣であること、喜ばしく思う」

頼直は言葉を重ねず、ただ頭を下げた。

江戸の地を離れた吉見広長は、肥後国へと向かう。肥後熊本城は朝鮮出征で面識のあった加藤清正の所領である。朝鮮出征での黄石山城の合戦等々で感謝状を貰い受けるほど、加藤清正は吉見広長を評価していたはずである。続いて向かったのは、加賀藩であった。関ヶ原の戦いで加増を受け一二〇万石という外様最大の藩となった加賀藩主前田利長は、関ヶ原で西軍に与し浪人となった者を多く受け入れていた。だが、その両者とも、吉見広長の仕官の願いを断った。すでに毛利輝元からの書状は全国の大名へと送られていた。

吉見広長は一人、途方に暮れることとなった。

慶長十八年（一六一三）、吉見広頼は死去した。毛利輝元は、過去、多大な貢献をしてきた吉見家を潰すことを憂い、吉見広長の妹に吉川広家の三男を迎え養子とし、吉見政春と名乗らせ吉見氏を継がせた。

元和三年（一六一七）、吉見広長は十三年間の流浪の末、疲れ果て、ついには恥を

忍んで帰国した。毛利輝元はこれを許した。これには、生前の吉見広頼の懇願は元よ
り、吉川広家らの尽力があったものと思われる。

また、『他家での登用を許さぬ』という書状を全国にばら撒いたため、帰参を願い
出た以上、これを撥ね退ける理由を持たなかった。これは広長出奔当時の毛利輝元の
苛立ちを利用した、下瀬頼直の策でもあったのだ。

広長は一年間の蟄居ののち、毛利家家政への参画を許された。家政への復帰、そし
て吉見広長と毛利輝元の二人の和解の意味を込め、元和四年（一六一八）八月二十五
日、毛利輝元を吉見屋敷へと招き、宴を催す手筈であった。

同日、屋敷を毛利の軍勢に囲まれ、身に覚えのない事由により謀反の疑いを突きつ
けられた広長は、一本の見慣れた軍旗を目にし、憤激した。

「……誰が……、……誰があ奴に向けて、頭を垂れることなど許せるものか！」

その軍旗には、上り藤に久の字が印されていた。益田家の家紋だ。

「我は栄光ある吉見家の当主だ。どれだけ零落れようとも、毛利の殿に跪こうとも、
どうして仇敵、益田なぞに頭を下げることなどできようか！」

そう言い放つと屋敷内の家人を集め、屋敷外を包囲する毛利軍へと打って出た。軍勢を追い払うことも、包囲網を破ることも叶わぬと悟ると屋敷内にとって返し、腹を切って自害した。

吉見広長による毛利輝元毒殺計画の疑いについては、後日、無実であることが判明した。当時、吉見広長の正室と側室との間柄が拗れており、正室が側室を毒殺しようと画策した。家人が萩の薬屋に毒を注文したところ、薬屋は藩の掟に従い『吉見家へ毒薬を売った』との辻札を立てた。その時機が毛利輝元を吉見家に招待する日と偶然重なり、懐疑の兵を呼び寄せたのだった。

一時の恥を受け入れ、事由を明らかとすれば、家の断絶を免れたであろう。しかし、広長の最後は果断で武功派の広長にとって相応しいものであったかもしれない。

この後、吉見家当主、吉見政春は大野毛利家を興して毛利就頼と改名した。これによって三百三十六年続いた石見吉見家は終焉を迎えることとなった。

田中博一（たなか　ひろいち）
昭和四十八年（一九七三）島根県邑智郡邑南町（旧瑞穂町）生まれ。石見国出羽郷で二ツ山城を見上げながら育つ。島根県浜田市在住。

石見《いわみ》戦国《せんごく》史伝《しでん》

二〇一九年九月五日　初版発行
二〇二三年五月二〇日　第二刷発行

著者　田中博一《たなかひろいち》
発行　ハーベスト出版
〒六九〇―〇一三三
島根県松江市東長江町九〇二―五九
TEL　〇八五二―三六―九〇五九
FAX　〇八五二―三六―五八八九
URL:https://www.tprint.co.jp/harvest/
E-mail:harvest@tprint.co.jp
印刷
製本　株式会社谷口印刷

Printed in Shimane Japan
ISBN978-4-86456-313-0 C0293